レバノンから来た能楽師の妻

梅若マドレーヌ
Madeleine Umewaka
竹内要江 訳

岩波新書
1818

プロローグ
この世界の片隅で

レバノン内戦の終結を記念し 1995 年に建立されたアルマン・フェルナンデス作「平和への希望」．年代と国籍の違う 83 台の戦車と装甲車が収容された公式モニュメントである

一九七六年、うだるように暑い夏の日でした。騒乱やまぬレバノンで緊張が高まりつつあるなか、わたしは父の妹のマルゴとともにベイルートを脱出してキプロスに向かいました。ボートに乗って地中海を渡ったのです。小型船の片隅で身を寄せ合ったマルゴは毛布にくるまり、とても小さく見えました。そのときわたしは一八歳。これからどうなるのか、不安で一杯でした。わたしたちがレバノンを出国した時点で激しい内戦はすでに一年続いていました。国内ほぼすべての道路、政府機関、大使館、唯一の空港は封鎖されていました——脱出するには海を渡るしかなかったのです。

当時わたしたち一家が暮らしていたのは、東ベイルートのシンエルフィル地区です。そのすぐ近くにあった、「テルザアタル」と「ジスル・エルバシャ」というふたつのパレスチナ難民キャンプで、キリスト教系民兵組織とパレスチナ解放機構(PLO)とのあいだの衝突が起こったこともあって、両親はわたしを国外へ脱出させることにしました。内戦の激化が予想されたので、わたしを逃がそうとしたのです。いつ戻ってこられるかもわからずに故郷ベイルートをあとにすることになるだなんて、わたしは想像すらしていませんでした。

レバノンは政情不安定な国として知られています。北と東はシリアに、南はイスラエルに接し、地中海を挟んで西にキプロスと向かい合うという地理的条件のせいでそうなるのです。内戦がはじまる前、ベイルートは「東洋のパリ」と呼ばれていました。一九二三年から四三年にかけてフランス委任統治下にあったということもありますが、この街はもともと活気あふれる芸術と文化の中心地でした。アジア、ヨーロッパ、アフリカが交差するベイルートは中東における重要なビジネス拠点のひとつに数えられ、さまざまな民族のルーツを持つ人たちが集まるにぎやかな場所だったのです。

この街のアイデンティティは一筋縄ではいきません。それもそのはず、「人種のるつぼ」としてのレバノンの起源は古くは紀元前五〇〇〇年から六〇〇〇年前にさかのぼります。新石器時代や金石併用時代の人々や、海上貿易で栄えたフェニキア人が地中海沿岸に居住した痕跡が確認されています。ベイルートの歴史は外敵の来襲、占領、支配の繰り返しです。エジプト人、アッシリア人、バビロニア人、マケドニア人、ペルシア人、ギリシャ人、ローマ人、十字軍、アラブ人、オスマン帝国、フランス人、シリア人、イスラエル人などさまざまな民族がかつてこの地に侵入しました。

そのため、レバノン国内には一八を超える宗教や宗派が存在するという事実にもうなずけます。政党やイデオロギーの大半は宗教や宗派の考えがもとになっています。とりわけ大きな勢力となっているのは、イスラム教シーア派、スンニ派、ドルーズ派、キリスト教マロン派、正教会、カトリックです。一九三二年にレバノンで実施された唯一の公式な人口調査では、人口の過半数をキリスト教徒が占めていました。

その人口調査から約一〇年後、一九四三年に「国民協定」が成立して、フランス委任統治は終焉を迎えました。この協定により、イスラム教徒とキリスト教徒のあいだの権力配分が取り決められました。その結果レバノンは、大統領はキリスト教マロン派、首相はイスラム教スンニ派、国会議長はイスラム教シーア派の人物が就任すると定められた、アラブでも類を見ない国になったのです。宗派主義と政治連合の併用は多様な民族間で権力を分配し、均衡を取ろうとする民主主義の一形態といえますが、それらに立脚するレバノンの政治的アイデンティティは錯綜したものになりました。

一九四八年のイスラエル建国で故郷を追われた、何十万にものぼるパレスチナ難民の存在もレバノンをさらに複雑な国にする一因となりました。レバノンの国家主権がおびやかされることを警戒したキリスト教徒の多くは、レバノン国内でのＰＬＯの勢力拡大に反対しました。いっぽう、イスラム教徒はパレスチナ難民支援に回りました。自分たちが望む、より公正な権力配分を要求する意図もあったのです。やがて、イスラエル・パレスチナ紛争は、レバノン国民が政治、イデオロギー面で激しく反目し合うのを随所で煽る火種となりました。

一九七五年四月一三日、キリスト教徒の極右政党、ファランジスト党の民兵がバスに乗っていたパレスチナ人二二名を殺害する事件が起きました。これは、ファランジスト党首のピエール・ジェマイエルの命が狙われたことに対する報復措置でした。この事件の一報が伝わるやいなや、ベイルートのあちこちで武力衝突が発生して市民はパニックに陥りました。わたしが通っていた高校では、責任者である修道女が生徒をすぐに迎えに来るよう保護者に連絡しました。この日を境にレバノンはその後一五年にわたり続くことになる内戦に突入し、わたしは高校への通学をあきらめざるをえませんでした。

この時期に外国勢力の支援を受けた同盟や民兵組織が相次いで結成されました。キリスト教勢力はおもに西洋諸国の、シーア派はシリアとイランの、スンニ派はサウジアラビアやペルシア湾岸のアラブ諸国の支援をそれぞれ受けました。

内戦のきっかけはイスラム教徒とキリスト教徒とのあいだに起こった局所的な武力衝突でしたが、のちにイスラム教やキリスト教の内部分裂にまで発展することになります。さまざまな宗派の民兵組織のあいだで戦闘がいつ果てるともなく続き、不毛な人的犠牲が出ました。内戦前は信じる宗教がちがっても友達だった人たちが、敵対する政治組織の活動に身を投じ、殺し合いました。戦闘員であれば宗派にかかわらず拉致され、一般市民も検問で足止めされて、キリスト教徒やイスラム教徒だという理由だけで殺害されました。同盟関係がころころ変わるので、いったいどの派閥がどの組織に対して攻撃を仕掛けるのか見当がつかないこともありました。

わが家の玄関先にも砲弾が雨のように降り注ぐようになったので、家族で地下にあるシェルターにたびたび避難しなくてはなりませんでした。わたしはこの内戦に抗議する気持ちから、シェルターへの避難を断固拒否することがありました。そんなとき、両親はわたしも一緒に逃げるよう説得しなければなりませんでした。はたして次の日も生きて目覚めることができるのかどうか、街のあちこちに暮らす親戚全員が次の攻撃を無事やり過ごすことができるのかどうかわからないまま、不安な日々が過ぎていきました。

ベイルートを脱出したその日、わたしは愛する人たちと離ればなれになって打ちひしがれていました。まるで、レバノンという国を力づくで奪われたみたいでした。何しろ、わたしを含め一族のほとんどの者が多くのレバノン国民の例にもれず、戦火を逃れて世界じゅうに散り散りになったのですから。わたしはキプロス南岸にある都市、ラルナカを経由して日本へと逃れました。

そのときわたしはまだ知りませんでした。日本がわたしの第二の故郷《ふるさと》になることを。神戸にあるインターナショナルハイスクールでのちに夫となる猶彦《なおひこ》と出会うことも。その後、レバノンと日本という、かけ離れたふたつの文化のあいだでバランスをとる家庭づくりを余儀なくされるという試練と苦難が待ち受けていることも。それどころか、六百年も続いている能の文化遺産を継承する一族の一員になるだなんて、夢にも思いませんでした。内戦がはじまる前は、日本といえば、はるか彼方にある遠い国という印象しかありませんでした。わたしはレバノンというこの世界の片隅で、家族とともに穏やかに人生を楽しんでいるティーンエイジャーにすぎなかったのです。

目　次

章扉イラスト：123RF

第1章
レバノンとの別れ

著者の国際運転免許証

1　ベイルートと家族

子ども時代

一九五八年二月二八日深夜、日付が変わろうとしているまさにそのとき、わたしはベイルートのサン・ジョセフ大学産婦人科病院で産声を上げました。この病院は当時、ダマスカス街道にありました。のちにベイルートを東西に分断する「グリーンライン」として知られることになる通りです。そんなわけで、わたしは誕生日のお祝いを二月二八日か三月一日のどちらかでします。うるう年の場合は二月二九日になります。出産の数日前に母は自宅前のスピアーズ通りを横断しようとして、走ってきた自動車とぶつかりました。さいわい、母子ともに命に別状はありませんでしたが、母は片脚にギプスをはめたままわたしを出産しました。

子ども時代については、おぼろげな記憶しかありません。幼いころの学校の思い出といえば、ベイルートのサン・ジョセフ・ド・ラパリシオン校で、カトリックの修道女に敬意を表しておじぎをしていたことぐらいです。厳格な校風に窮屈な思いをしていたことや、白黒の修道服に身を包んだ修道女たちが秩序と規律ばかり求めていたことも覚えています。

わたしは学校では真面目な生徒でした。数学が得意だったので、友達がたくさんわたしの家にやって来て一緒に勉強しました。わたしが子どものころ通った学校は、そのほとんどが修道女やイエズス会の神父によって運営されていたカトリック系の私立校で、おもにフランス語で教育を受けました。レバノンではアラビア語、英語、フランス語の三か国語で教育が行われることがめずらしくありません。レバノン人は日常会話のなかでこの三つの言語を混ぜて使うことがよくあります。たまに、ひとつの文のなかに三言語が混じっていることすらあります。

わたしが子ども時代を過ごしたのは、西ベイルートの喧騒あふれるカンタリ地区です。この地区には政府の主要機関や国際機関の本部も置かれていました。同じ通りに政府機関や国際機関があれば、住宅もありました。例えば、わが家から二〇〇メートル南には赤十字社の正面玄関がありました。レバノン独立後の初代大統領、ビシャラ・アル・フーリーの邸宅は並行して走る通りにありました。通りを北にずっと行くと、ベイルートでは数少ない公園のひとつ、サナイエ・ガーデンがありました。隣接するハムラ地区は当時も今もベイルートきってのコスモポリタンな場所です。わたしはよく友達とそこへ遊びに行って、外国映画を観たり、アイスクリームやクレープを食べたりして楽しみました。

棕櫚(しゅろ)の日曜日に，左から著者の母と父，妹のポリーヌ，著者の肩に手を添える姉のマリーローズ

わたしたち家族が暮らしたのは大通りに面したビルの裏手にある五階建て集合住宅の最上階です。古い建物だったのでエレベーターはありませんでした。父は思いやり深い人でしたから、子どもたちが階段を上る途中で休憩できるように三階の踊り場にベンチを置いてくれました。

カンタリ地区では宗教的バックグラウンドの異なる住人が隣り合って暮らしていました。わたしたちの家があった建物にはさまざまな宗派や宗教を信じる人が住んでいました。マロン派キリスト教徒、カトリック、アルメニア正教徒、シーア派イスラム教徒、スンニ派イスラム教徒などがいました。わが家のお隣のマロン派の家族には、男の子が四人と女の子がひとりいました。下の階にはアルメニア・カトリックの一家が入居していて、わたしと年が近い女の子がいました。わたしたちはよく広々としたバルコニーやテラスで遊んだものです。自動車の往来が激しい道路では遊べなかったからです。

わが家ではバルコニーに小屋を置いてウサギを飼っていました。耳をつかんでウサギを抱っこしたのは楽しい思い出です。

父、エドゥアール・アブデル・ジャリル

わたしの父、エドゥアール・アブデル・ジャリル(Edouard Abdel-Jalil)は一九一九年にベイルートのアシュラフィーエ地区で生まれました。フランス文化に傾倒して、文学や哲学書を読みあさり、クラシック音楽を好んで聴きました。自分だけの世界に没頭していることも多く、浮世離れしたところがありました。わたしが朝、目を覚ますと父が出勤前にかけたオペラやクラシック音楽がよく家のなかで流れていました。父のお気に入りの作曲家はモーツァルト、ベートーヴェン、プッチーニなどでした。クラシック熱が高じて、二〇歳年下の弟を自分の敬愛する作曲家にちなみ「ヴォルフガング」と命名してほしいと両親に頼み込んだほどです。レバノンではとてもめずらしい名前なのですが。

そんな父でしたが、一九七五年にベイルートで内戦がはじまると不安にかられ、家族の身の安全をしきりに心配するようになりました。地震も恐れていました——レバノンでは地震などめったに起きないにもかかわらず。地震で揺れて本棚が倒れたら危ないからと、子どもたちのベッドからしっかり離すほどの念の入れようでした。

父の不安には長い歴史がります。そのはじまりは、一七二六年から一八三四年[1]までイラクの都市モスルを事実上治めた先祖のジャリリ(al-Jalili)一族を襲った苦難の物語を聞かされたときにさかのぼります。東方カトリック教会に二三ある宗派のひとつ、シリア・カトリックの信者だった一族は、イスラム教徒の反乱が起こったとき、統治者としての地位や財産など何もかも捨ててモスルからシリアのアレッポへと逃げなければなりませんでした。一族の不運はそれで終わらず、一八六〇年にシリアでキリスト教徒虐殺事件が起こると、曽祖父のミハエルはまたしても逃げなければなりませんでした。彼は下水道をたどってレバノンに逃れ、九死に一生を得ました。

何もかも捨てて逃げた先祖の二の舞になるのではないかという父の不安に、内戦が火をつけたのです。父は内戦中、爆撃や銃撃の絶え間ない恐怖にさらされました。住む場所を何度も変えなくてはならず、親友のラウルは狙撃されて亡くなりました。そういったことすべてが父の健康をむしばんだのでしょう。内戦まっただなかの一九七九年、父は心臓発作で亡くなりました。まだ六〇歳でした。

親戚の子どもの洗礼をお祝いする集まりで、父はわたしのいとこのミシェルにフランスの哲学者で神学者のパスカルについて熱心に語っていたのですが、その最中に心臓が止まったのです。症状が出てすぐに同じアパートに住む医師が呼ばれ、精いっぱいの蘇生を試みたのですが、その甲斐なく父は帰らぬ人となりました。父はダマスカス通りにあるシリア・カトリック墓地に埋葬されました。偶然にも、同じ通りには彼が生まれた産院がありました。

わたしや家族にとって父の死は衝撃的で、心が引き裂かれるような出来事でした。父が亡くなったその日、わたしはイギリスのレディング大学で卒業を翌年に控え、試験勉強に励んでいました。故郷から遠く離れた場所で知らせを受け取り、孤独をひしひしと感じました。あれほど愛情深く、やさしくて親切だった父の思いがけない急逝を受け入れることができませんでした。何もかもが現実とは思えませんでした。

父のそばにいてあげられず、葬儀すら参列できないことに、わたしは胸が張り裂けんばかりの気持ちを味わいました。当時のレバノン情勢は予断を許さなかったのです。父にきちんとお別れをするために、わたしが命を危険にさらしてまでレバノンに戻ることを母は望みませんでした。

まだ父が生きていたころ、父の人生、哲学、政治、文学、音楽など、わたしが興味を覚えはじめていたさまざまな話題を父と存分に語り合うところをよく思い浮かべていました。子どものころはまだ幼すぎて、父と文学や哲学の話はできませんでした。それでも、わたしは学校の勉強のことをよく話しました。父が聞きたがったのです。父はわたしに数学の家庭教師をつけてくれ、自分の勤める大学の理工学部の学生が使う最新の数学の教科書を贈ってくれました。父が読んでいたものにわたしが興味を持ちだしたのは、わたし自身が大学に入り、家族と離れて暮らすようになってからです。父は励ましの手紙を何通も送ってくれましたが、そこには偉大な作家の名言がちりばめられていました。ミゲル・デ・セルバンテスの「富を失う者は多くを失うが、勇気を失う者はすべてを失う」という言葉などが引用されていました。父の手紙を読むと、わたしは元気が出て前向きになれました。勉強のことで押し潰されそうになったり、ホームシックになったりしても、何とか頑張れました。他にも父みずから入念に編集した、お気に入りのクラシック音楽を集めたテープも送ってくれましたが、わたしはそのテープを今でも大切に持っています。ベルリオーズ、バルトーク、プッチーニ、ハイドン、シューベルト、オッフェンバックなど、父が愛した作曲家の曲が入っています。父が亡くなって四〇年になりますが、わたしはいまだに心の底から父を慕い続けているのです。

記憶の劇場

ところで、どうして子ども時代のことをほとんど覚えていないのか、われながら不思議です。

内戦を体験した影響で、砂浜についた足跡が波に消されるように、わたしの記憶もどこかに押し流されてしまったのかもしれません。当時の記憶はピースの欠けた色あせたパズルのようなもので、途切れ途切れにしか思い出せないのです。

それでも、鮮明に覚えていることもあります。わたしは五歳のころ扁桃炎を繰り返し、しょっちゅう病院に連れていかれました。家族の健康に人一倍気を遣った父が、わたしをあちこちの耳鼻科医に診せて回りました。そしてある医師に、手術で扁桃腺を摘出しないほうがいいと言われたのです。その医師の言葉に従った結果、わたしはアミノグリコシド系抗生物質を過剰に服用することになりました。その副作用で聴神経がダメージを受け、聴力を一部失うことになったのだと、別の医師が説明してくれました。当時、わたしの聴覚障害は軽いものでしたが、ひどく心配した父が授業をはっきり聞けるように、わたしを教室のいちばん前に座らせるよう教師にかけあいました。ベイルートで最高の耳鼻科医に診てもらっていたのに、八歳になると補聴器が必要となりました。どの医師に聞いてもこうするより仕方がないという意見でした。このため、わたしは子どものころ眼鏡をかけている人がうらやましくてなりませんでした。視力は聴力よりもずっと簡単に矯正できるからです。

わたしの場合、聞こえる音と発言内容の理解とのあいだにずれが生じます。音を聞き取ることはできるのですが、会話の理解に欠かせない高周波音の識別が難しいのです。わたしの聴覚障害を知らない人は、わたしのことを鈍い人間だと思うかもしれません。必死に努力しないと会話を理解できないのですから。とくに騒がしい場所ではそうです。読唇術も覚えましたが、会話の流れから話の内容を判断せざるをえないことがこれまでに多々ありましたし、それは今でも変わりません。

とはいえ、さいわい聴力が落ちる前にアラビア語とフランス語を学んでいました。ですが、そのときでさえ母音の発音にてこずって、言語聴覚士に指導してもらわなければなりませんでしたが。わたしに聴覚障害があるとわかると、父は過保護になりました。でもありがたいことに、母のジャネットは父よりも現実的で、どっしり構えていました。わたしの障害のことであれこれ嘆いたりしませんでした。それでもときどき、「あなたにわたしの聴力をあげられたらいいのに」とは言われましたが。

母、ジャネット・アビ・ナジェム

わたしの母、ジャネット・アビ・ナジェム(Jeanette Abi Najem)は一九二四年にレバノン南部のジェルナヤ村の大家族に生まれました。一四歳のとき、親の方針で、教育を受けるためにベイルートにいた姉のエレーヌのもとに送られました。母は幸運だったといえます。なぜなら、当時村人の多くは女子教育よりも男子教育を重んじたので、母は学校に通えなかったとしても不思議ではなかったのです。

おばのエレーヌが下宿していたのは、わたしの父方の祖父、ジョルジュの屋敷でした。エドゥアールとジャネットはそこで出会ったのです。母よりも五歳年上の父は、母の家庭教師となり、のちに夫になりました。ふたりは恋に落ち、ジャネットが一八歳のときに駆け落ちしました。たがいの家の社会的、経済的地位のちがいから、自分たちの結婚が認められないと思ったのでしょう。あるいは、タイミングが悪かったのかもしれません。当時、祖父の営んでいた貿易業が不振に陥り、父の経済状況は厳しかったのです。父は夜働いて、自分の学費を稼がねばなりませんでした。

母と父

ともあれ、ジャネットとエドゥアールは最終的に結ばれます。エドゥアールはイエズス会が創立したサン・ジョセフ大学理工学部で主任司書として働き、収入はつつましいものでしたが、若い夫婦は四人の子どもたち全員が私立学校で学べるようやりくりしました。身体の弱い夫を支えなければならなかったので、ジャネットにとっては苦労の絶えない結婚生活でした。エドゥアールは子どものころ軽いポリオを患い、あまり丈夫ではなかったのです。でも、いくら大変でも母は音を上げませんでした。母が家族をまとめようとあれこれ努力していることに、父がいつも感謝していたからです。

父は母の素直なところや飾り気のなさ、友人や家族の面倒見がよいところを尊敬していました。母は実年齢よりも若く見えると誰かに言われると、とんでもないとさえぎって、「夫が愛してくれるからよ」と冗談めかして言っていました。夫婦喧嘩もよくしましたが、ふたりがたがいに向ける愛情と尊敬の念は胸を打つものがありました。

父が亡くなってからも母が活発に人づきあいをしていると知って、ほっと胸をなで下ろしたものです。四人の子ども全員が海外にいて、ひとり暮らしだったのでなおさらです。妹のポリーヌはパリに、兄のジョルジュはロンドンに、姉のマリーローズとわたしは日本に暮らしていました。そんな困難な状況にあるにもかかわらず、母は「神のみ心の家族」という貧しい人を支援する慈善団体の設立にかかわりました。フランスのルルドやローマなど、団体の支部がある場所への訪問を仲間と一緒に楽しんでいました。

　母は日本にいるわたしたち一家をよく訪ねてくれましたが、滞在中は家のことが気がかりで落ち着かない様子でした。ベイルート郊外のエリッサにある自宅でのひとり暮らしがいちばんくつろげるようでした。それに、母は何としてでも家を守らなければと思っていたのです。それは、一九七七年よりも前のことでした。姉に会うために日本を訪問していた母が帰国してみると、自宅に見知らぬ難民の家族が住みついていたのです。わたしたちは西ベイルートのアパートを奪われました。所持品やわたしの子どものころの写真もこのときすべて失いました。いつか住む場所がなくなるのではと心配でたまらなくなった母は、海外での長期滞在をあきらめたのです。母が九〇代に入り、健康が思わしくなくなってようやく、残りの日々をわたしたちと過ごせるよう東京に呼び寄せることができました。

2　内戦下の暮らし

引っ越しに次ぐ引っ越し

　一九七一年に父エドゥアールが勤めていたサン・ジョセフ大学の理工学部がベイルートから郊外のマルロウコズに移転しました。その三年後、家族で父の職場の近くに引っ越しました。

スピアーズ通りのアパートは姉や兄が使えるようにと両親はそのままにしてありましたが、わたしたちは大学に近い住宅街、シンエルフィル地区に移ったのです。

一九七四年、わたしの高校生活が、ベイルート郊外のジュデイデにあるコレージュ・デ・スール・デ・サンクール・ボーシュリエ校ではじまりました。新入生がこの学校で友達をつくるのはなかなか大変です。小学生のときからこの学校に通う生徒たちはすでに友達同士だからです。それでも、あるときわたしが数学のテストで最高点をとると、クラスメートから羨望のまなざしを向けられたことを今でも覚えています。わたしがどんな子なのか興味が湧いたのでしょう。そのこともきっかけとなり、わたしにも友達ができました。それなのに、レバノン内戦がはじまったその日に学校が突然閉鎖されたので、彼女たちとの友情を深めることはかないませんでした。

シンエルフィル地区に引っ越してから二年もたたないうちに、家族でまた引っ越す羽目になりました。「テルザアタル」というパレスチナ難民キャンプが近くにあって、武力衝突が起こるようになり、民兵組織の検問所がそこらじゅうにできたからです。

パレスチナ難民には故郷への「帰還権」が認められないままでしたが、一九六九年のカイロ合意でPLOは大幅な自治権を得ました。とくに難民キャンプ内ではレバノン政府には一切の権限がありませんでした。難民キャンプで抵抗運動が活発になり、レバノン南部ではPLOと侵攻してきたイスラエル軍とのあいだで武力攻撃や反撃が繰り返されました。

そんなとき父方のおじ、アンリがアシュラフィーエ地区にある彼のアパートに越してくるよう言ってくれたのです。彼は家族とともにフランスに発つことになっていました。わたしたちが彼のアパートに住めば、西ベイルートから逃れてきた、住む家を失ったキリスト教徒の難民にアパートを占拠されずにすみます。

学校が閉鎖されたので、わたしは社会奉仕団体・カリタスレバノンの若者グループの活動に参加するようになりました。アシュラフィーエ地区には、レバノン国内でのPLOの勢力拡大を阻止するために武装したキリスト教系のファランジスト党民兵組織の司令部がありました。そのため、この地区はイスラム教系民兵組織やその支援者による攻撃にたびたびさらされていたのです。

砲撃や狙撃から身を守るために、この地区の住民は昼夜をたがわずシェルターへの避難を余儀なくされました。つまり、カリタスのボランティアが日中に食べ物や物資を配達するのはまさに命がけの行為だったのです。そんな活動のさなか、わたしには新しい友達ができ、はじめてのボーイフレンド、ミシェルにも出会いました。

カリタスレバノンでの活動はスリル満点でした。多くの人がそうしたように、シェルターに隠れて身の安全をはかるのではなく、わたしたちは若者グループを結成することで武力行使に抗議したのです。それだけでなく、皆でディスコパーティーを企画して、ビートルズなどの流行曲を演奏しました。音楽がほんのひととき外の爆撃の音を弱めてくれました。とはいえ、人助けをすることで自分が誰かの役に立っていると実感でき、なぐさめられました。それに、友人や近所の人が攻撃の被害に遭ったり、民兵にするために無理やり連れて行かれたりすることがあると、仲間同士でたがいに励ましあったので、心強かったのです。そういう出来事は日常茶飯事でしたから。あるとき出会った民兵が、知り合いの若者たちがロシアンルーレットで命を落としているという話をわたしたちに聞かせ、自分が殺した敵から切り取った耳のコレクションを取り出して見せようとしたときはショックで身の凍る思いをしました。

ほどなくして戦闘が激しさを増し、アシュラフィーエ地区も他の場所と同じぐらい危険になったので、わたしたちはまたもやよそへ移らなくてはなりませんでした。今度はジュニエ湾にほど近い海沿いの町ドバイエにある、母方のいとこ、ファウジの家に身を寄せました。ミシェルはわたしと会うのをやめることだってできたのに、命を危険にさらしてまで会いに来てくれました。いつ砲撃や狙撃を受けてもおかしくないなか、身をかがめて自転車をこぎ、四〇分かけて来てくれたのです。

家族と離れて

内戦による首都ベイルートの荒廃と、それに伴う残虐行為からわたしを遠ざけるために、両親はわたしを郊外にある寄宿学校、ル・コレージュ・マリスト・シャンヴィル校に入れました。カトリックのマリスト会が運営するシャンヴィル校はもともと伝統ある有名男子校でしたが、内戦で状況が変わり、女子生徒も受け入れるようになったばかりでした。妹のポリーヌはまだ中学生だったので入学できませんでした。それで、両親は彼女をロンドンで暮らす兄のジョルジュのもとに送ったのです。

わたしはシャンヴィル校に入学する女子生徒の一期生でした。女子よりも数の多い男子生徒たちは、わたしたちの到着によろこび、競って女の子たちの気を引こうとしました。女子高からやってきたわたしたちにとって、この男子生徒の反応は愉快なものでした。わたしは一一年生でした。最年長だったので寮の個室が与えられましたが、一〇年生の女の子たちは隣の相部屋に入りました。夜になると、わたしたちと一緒にトランプをしたいがために、外から二階分をよじのぼるという危険を冒す男子生徒すらいました。あいにく、ある男子生徒が窓に手をかけたところで警備員に捕まりました。そのせいで寮の窓はつねに施錠されることになりました。共学の学校生活は気晴らしにはうってつけでした。わたしたちは家族と離れ、心細い思いをしていましたし、レバノン全土で散発的に起こる武力衝突の報に接して不安を募らせていたのです。

道路が安全ではないため帰省できないこともしょっちゅうでした。そんなときは戦闘が収まるまで一緒にいようと声をかけてくれた友達の家で週末を過ごしました。そんなクラスメートのひとり、ファディは学校の近くに住んでいて、その後パリに移住することになります。二〇〇六年にパリで再会したとき、彼は数十年前の出来事を教えてくれました。わたしがまったく覚えていなかった、ある事件について語ってくれたのです。あるとき、わたしが彼の家族と一緒に朝食をとっていると、弾丸が飛び込んできたそうです。わたしはテーブルの下に引っ張り込んでもらったので、すんでのところで弾は当たりませんでした。わたしたちは急いで地下にあるシェルターに逃げ込みました。攻撃がやみ、部屋に戻ってみると、驚いたことに、ゆで卵が破裂して天井にこびりついていました。ファディのおばあさんが慌てるあまり、ガスコンロの火を消し忘れたのです。火事にならずに不幸中の幸いでした。この出来事を思い出そうとしても、現実感が伴わず、本当に起こったこととは思えません。そのことが記憶からすっぽり抜け落ちていることに、わたしはショックを受けました。何しろ、もう少しで死ぬところだったのですから。

戦火はいっこうにおとろえなかったので、わたしはレバノンを脱出せざるをえませんでした。そのせいで一一年生を終えることができませんでした。そんな状況で国を出るのは、控えめに言っても「身を裂かれる」思いがするものです。ボートの上でわたしは途方に暮れていました。どんなに目をこらしても陸地が見えない、はてしなく広がる海の上を漂いながら、先行きの見えない自分の将来を思っては不安で押し潰されそうになりました。一族の者たちは世界じゅうに逃れました。アメリカ、イギリス、フランス、ドイツ、スペイン、ドバイ、チュニジア、コートジボワールなどに散り散りになったのです。

西ベイルートに住んでいたときの幼なじみや学校の友達と連絡が取れなくなって悲しい思いをしました。近所のキリスト教徒の友達は東ベイルートに引っ越すか、先に国を出た家族のあとを追って海外に逃れるかのどちらかでした。

そのうえ、レバノンが破壊されるのを目の当たりにして、わたしは胸が張り裂けそうでした。ベイルートはしばしば「フェニックス」にたとえられます。自らの身を焼いた灰のなかから復活する、不死身の鳥です。たび重なる地震、他国の侵略、戦争を乗り越えベイルートは復活を遂げてきました。わたしの故郷はまたしても灰燼に帰す運命にあったのです。

3　若き能楽師との出会い

姉、マリーローズの結婚

日本に定住するレバノン人はほとんどいません。言葉の壁、生活費の高さ、住宅の狭さ、就労条件の厳しさ、レバノン人移民の歴史がないということ、制約だらけの入国管理法……おそらくこのすべてが原因でしょう。このため、わたしは日本人や日本人以外の人から「どうして日本に来たのですか?」とよく聞かれるのですが、そういう疑問を持たれるのももっともです。わたしはいつもふたつの理由を挙げます。「姉」と「レバノン内戦」です。

わたしの姉、マリーローズが将来夫となる石黒道兼《みちかね》に出会ったのは、彼が東京銀行(現在の三菱UFJ銀行)レバノン・ベイルート出張所に勤めているときでした。内戦がはじまる前は、一〇〇社近くの日本企業がレバノン国内でビジネスを展開しており、日本人学校もありました。マリーローズは当時、日本政府の役人や兼《ケン》(わたしたちは道兼のことをこう呼んでいます)の同僚の銀行員にフランス語とアラビア語を教えていて、彼と出会いました。ケンが友人を連れてわたしたちの家にやって来て、ギターを弾きながら日本の歌を楽しそうに歌っていたことを覚えています。日本人男性の容姿がレバノン人男性のそれとはまったくちがっていることも印象的でした。わたしはまだ一三歳でしたが、目鼻立ちが整って、光沢のある黒髪のケンの友人たちがハンサムだと思ったことを覚えています。彼らは実年齢よりも若く見えました。きっと肌がすべすべしているせいでしょう。レバノン人男性は顔や腕に剛毛を生やしている人が多いですから。

関西での茶会で妹のポリーヌと私

マリーローズとケンはわたしたち家族をよく山岳地帯への遠出に連れ出してくれました。姉は家族を愛していたので、ケンと結婚して故郷から遠く離れた日本に住むのをためらっていました。それで、父が姉に、結婚を決める前に日本に一年ほど住んで新しい文化に馴染めるか試してみたらどうかと提案したのです。

姉は父のアドバイスに従って日本に向かいました。姉が去って父はさみしい思いをしていたはずですが、運命や人生のさまざまな出来事についての美しく感動的な手紙を書いて姉に送りました。彼女が日本で新しい生活を築くことを応援したのです。一九七三年に姉はケンと結婚して、兵庫県芦屋市に新居を構えました。一九七九年に父が他界すると、姉は父の手紙を日本語に翻訳して本にまとめ、出版しました(賞を受けた『父の心――娘への手紙』です)。

一九七四年の八月には、両親とわたし、妹が日本の新婚夫婦のもとに一か月間滞在しました。ふたりは、それはもうさまざまな場所に案内してくれたので、わたしたちは思う存分観光することができ、忘れがたい旅となりました。このときわたしはすっかり日本が気に入ったのです。

猶彦との出会い

「ご主人の猶彦さんとはどこで出会われたのですか?」という質問もよくされます。簡単にお答えすると、わたしたちが出会ったのは神戸の高校です。レバノンで戦火が広がりつつあった一九七六年、両親とポリーヌ、そしてわたしに芦屋の家で一緒に暮らしてはどうかと、ケンとマリーローズが提案しました。ふたりの家は広かったのです(彼らの心と同じように)。それで、わたしたちは一年ほどその家にお世話になりました。このとき、姉が日本での暮らしに順応しているのを知って、うれしくなりました。やがて、わたしたち家族にとって日本は「第二の故郷」となったのです。

芦屋に暮らすようになってすぐに、わたしは神戸の六甲地区にあるインターナショナルスクール、カナディアンアカデミーに通いはじめました。学校生活に慣れるのは大変でしたが、批判的思考を奨励するディスカッション中心の授業から多くを学びました。わたしが慣れ親しんだレバノンのフランス式教育システムは暗記中心でしたので、新鮮な学習体験でした。

あるとき、クラスメートの猶彦がわたしのところにやって来て、わたしをデートに誘ったので興味を引かれました。彼は他の生徒とはどこかちがう感じがしましたが、それまでわたしは彼の存在に気づいていませんでした。北米やヨーロッパ出身の生徒とはちがい、彼はもの静かで内向的なタイプだったからです。カナディアンアカデミーの日本人生徒は自分たちだけでグループをつくって固まる傾向にありました。それに、話すときは英語と日本語を混ぜていました。彼らは外国人生徒と気軽に交流しなかったので、わたしには日本人の友達がほとんどいなかったのです。

はじめてのデートで猶彦はわたしに寿司をおごりたかったのですが、当時のわたしはベジタリアンでしたので、関西名物お好み焼き（肉抜き）を食べました。ふたりで魅力的な神戸の街を歩き回り、たがいの理解を深めました。猶彦と一緒にいると、日本やその文化を前よりもよく理解できるような気がしました。

「どうして彼がインターナショナルスクールに?」。これもよく聞かれる質問です。猶彦の母親、梅若ロザは先進的な女性で、能楽師として能の伝統を海外に紹介するために、息子はまず英語を身につける必要があると考えたのです。能楽の一族は、学習院に通う人も多く、彼も入学許可を受けていたのですが、ロザは猶彦にカナディアンアカデミーへ入学することを勧め、そして寮に入りました。これで英語の読み書きはもちろん、流暢に話す力も身につけられるというわけです。

高校時代に猶彦とわたしがつきあいだしても、彼は自分が属する能の世界のことはわたしに一切打ち明けてくれませんでした。父親が祖父や曽祖父と同じように能楽師だということすら黙っていたのです。彼の家は代々能楽師の家系で、彼が継承しなければならない一族の伝統は父から息子へと六百年の長きにわたり受け継がれてきたということも。一八六八年の明治維新で存続の危機に立たされた能楽をたったひとりで立て直したことで知られる偉大な曽祖父、初世梅若実《みのる》のことも。とにかく、わたしたちのあいだで能が話題にのぼったことは当時はいちどもありませんでした。よくしゃべったのは、学校や友達のこと、レバノン情勢などでした。わたしが正式に能の世界に足を踏み入れ、その素晴らしさを知るのは猶彦と結婚してからのことです。

背が高くてどことなく威厳を漂わせた猶彦はとてもミステリアスでした。彼のなかにはわたしがどうしても立ち入れない部分があり、それは今でも変わっていません。彼は哲学書や文学を熱心に読んでいました。ユーモアのセンスもありました。それだけでなく、優しくて、思いやりがあり、おおらかでした。リラックスしているときの彼はひょうきんで、反抗的で、いたずらが大好きです。危うく退学になりかけたこともあります。でも、そんな彼から朗らかさが消えることがあります。そんなとき、彼の佇まいから能の教えが伝わってくるのです。そういうとき彼は自らを律しています。現代的であり伝統的、反抗的だけど自らを律しもする――今も変わらない彼のこの二面性にわたしは魅かれました。当時の彼は決められたルールにはおかまいなしで、ざっくばらんなところがあったので、わたしが将来人生を分かち合うことになる芸術家が一筋縄ではいかない性格をしているということに、このときはまだ気づいていませんでしたが。

　猶彦は校内で一番の人気を誇る生徒だったらしいのですが、わたしはそんなこととちっとも知りませんでした。カナディアンアカデミーには、下級生が卒業する上級生に投票する卒業イベントがありました。人気投票のゲームみたいなものです。友達が教えてくれたのですが、猶彦はこのコンテストで一位になったそうです。残念なことに、わたしは大学入学資格試験《バカロレア》に備えるためにレバノンに帰国しなければならなかったので、このイベントには参加できませんでした。カナディアンアカデミーには一二年生に在籍しただけで、卒業までしていません。猶彦と別れるのはつらかったのですが、いつかまた会えるという気がしていました。彼はわたしに手紙を送ってくれて、わたしがいなくなって悲しかったこと、空港まで見送りに行こうとしたことを教えてくれました。

帰国、そしてイギリスの大学へ

レバノンに帰国したわたしは、コレージュ・デ・フレール・モン・ラ・サール校というイエズス会の学校の、三か月間の夏期集中コースに入りました。シャンヴィル校同様、この学校もかつては有名男子校だったのですが、内戦がはじまって女子も受け入れるようになったのです。わたしは主要教科として数学を選択しました。父をよろこばせるためです。さらに、わたしがコンピュータ・サイエンス関連のキャリアを考えていると知った父は舞い上がりました。わたしは父と同じ分野に進むよう言われたことはいちどもありませんが、父は内心その可能性をあきらめてはいませんでした。わたし自身も最新のテクノロジーを学び、それが科学の世界にもたらした功績について探究してみたいと思っていたのです。レバノンの政情は相変わらず不安定でしたので、父はわたしにイギリスの大学に進学してはどうかと勧めました。兄がロンドンに暮らしていたからです。両親をレバノンに残していくことになるので悩みましたが、ふたりがわたしにできるだけのことをしてあげたいと思っていることはよくわかっていました。当時は政党間の武力衝突が頻繁に起こっていたので、イギリスに渡ればほっと一息つけますし、少なくとも静かで安全な場所に身を置くことができます。

一九七七年にロンドンで兄ジョルジュの結婚式に出席した父と姉のマリーローズは、わたしの進学先としてふさわしい大学を探すために奔走しました。残念なことに、わたしは水ぼうそうにかかったので結婚式には出られず、ふたりと一緒に大学探しをすることができませんでした。母にも申し訳なく思いました。母はわたしの看病をするためにレバノンにとどまることにしたので、息子の結婚式に出られなかったのです。

しばらくすると、レディング大学に入学を許可されたという朗報が届きました。わたしは必要な条件を満たしていなかったのですが、高校の先生からの推薦状を読んだ大学側が、レバノンが内戦中だという事情を考慮して例外的に入学を認めてくれたのです。大学から出された条件は、一年目に履修する科目すべてで合格点を取ることでした。イギリスの教育システムでは一年目に三科目履修しなくてはなりませんでした。わたしはコンピュータ・サイエンス、数学、

1980年のレディング大学卒業式

心理学を選択しました。当時、聴力の四〇パーセントを失っていたので、よく聞きとれない言葉をつなぎ合わせた文章から意味を探らなければなりませんでした。それはピースの欠けたパズルを完成させるようなものです。

そんなハンデもありましたが、わたしは必死に勉強して三科目すべてに合格しました。そして、コンピュータ・サイエンスを専攻することに決めました。プログラミングにパンチカードを使うような時代でした。コンピュータ・サイエンスをどうしても学びたかったわけではありませんが、問題解決の方法を学べるこの分野の勉強は楽しいものでした。優等の成績で理学士の学位を授与されたその日、わたしは晴れやかな気持ちになりました。でも、その一年前にこの世を去った父とよろこびを分かち合えないことが残念でなりませんでした。

レディング大学での学生時代を振り返ると、当時のわたしは周囲とあまりうちとけていませんでした。イギリス人学生は内向的だったので、深い関係がなかなか築けなかったのです。彼らにはカナディアンアカデミーの日本人生徒と似たところがありました。さいわい、大学には留学生の大きなコミュニティがありました。そこでは、たがいにつながりあって、ホームシックにならないよう助け合っていました。中東、トルコ、ギリシャ、ラテンアメリカなどから大勢の留学生が集まっていました。寮のイギリス料理は味気なかったので、留学生同士でよく一緒に料理したものです。母に教えてもらったおいしい料理のレシピのおかげで、それまで料理を習ったことがなかったのに、わたしの用意した食事は大好評でした。

大学二年から三年にかけて、わたしにはアリという名のトルコ人ボーイフレンドがいました。彼は機械工学を学ぶ学生でした。真面目で思慮深く、思いやりにあふれた温厚な性格をしていました。父が亡くなりわたしが悲しみに沈んでいたとき、彼は時間をかけてわたしをなぐさめ、悲しくても試験勉強をするよう励ましてくれました。よくおいしい料理をふるまってくれました。レバノン国章に描かれる有名なレバノン杉を思わせる、杉の木が立ち並ぶ緑あふれる広大なキャンパスをふたりで静かに散歩したものです。大学の休暇中はレバノンに帰国できないわたしを気遣い、トルコの彼の家に招いてくれました。

ところが、わたしたちのつきあいが長くなると、宗教のちがいから家族に彼との関係を反対されるようになりました。それまでわたしは自分の家族は偏見を持たない心の広い人たちだと思っていたのですが、残念ながらそうではなかったのです。家族が心配したのは、政治や社会が保守的なトルコでわたしが幸せになれるかということでした。レバノン国内でイスラム教徒とキリスト教徒とのあいだに繰り広げられた残虐行為を目の当たりにすれば、そう思うのも無理もないことかもしれません。

悲しいことですが、内戦のせいで家族の異教徒に向ける目が厳しくなっていたのです。内戦は異なる宗教や宗派に属する人たちの対立を煽りましたが、わたし自身はそんなふうに考えたくないと思っていました。キリスト教徒とイスラム教徒がたがいに向け合う敵意とは距離を置いていました。アリもわたしも信心深くはありませんでしたが、かといって家族の気持ちをないがしろにはできませんでした。それに、ふたりが置かれた状況はよく理解していました。結局わたしたちは別れることにしましたが、わたしがつらい思いをしていたとき、彼がそばにいてくれたことはずっと忘れません。

アリとの別れ、レバノンで続く内戦、そして父の死から立ち直るために、わたしはどこか別の場所に行きたいと思うようになりました。そして、大学院進学のためにアメリカのカリフォルニア州に移ることになったのです。ロサンゼルスのダウンタウンにほど近い南カリフォルニア大学に入学しました。ところが、一九八〇年代当時、そのあたりは治安がよいとはいえず、毎日のように暴力事件が起こっていました。そこで、わたしはカリフォルニア大学ロサンゼルス校の近くに引っ越しました。高級住宅街ビバリーヒルズにも近く、治安もよく住みやすい場所でした。それなのに、わたしは広大な都会、ロサンゼルスが好きになれませんでした。

それで、気づいたのです。豊かな文化遺産を持つイギリスのよさがわかっていなかったのだと。イギリスのほうがわたしには合っていたのです。南カリフォルニア大学では数か月間過ごしただけで、わたしは学業を中断してレバノンに戻ることにしました。父が死んでから気落ちして、悲しみに暮れる母のことが心配でした。

ベイルートに戻る

わたしはベイルートで何か興味の持てる仕事を見つけたいと思いました。そうすれば、夫に先立たれた母を支え、面倒を見ることができます。悲しみに沈んだ母は一気に老け込み、五五歳という実年齢よりも老けて見えました。中東の習慣で、喪に服するために黒い服ばかり着ていたのでなおさらです。母は本来明るい性格で元気一杯なのですが、最愛の夫を亡くし、生きる気力をなくしたようでした。父のことをずっと愛していたのです。父が聖人のようだったと言っては、額縁に入った父の写真に口づけしていました。ありがたいことに、わたしが一九八一年にベイルートに戻ったころ、母は少し元気を取り戻していたので、母のそばで暮らすのも苦にはなりませんでした。

アシュラフィーエ地区にあるコンピュータ関連企業で仕事も見つかりました。ところが残念なことに、わたしがその会社で働きはじめたまさにその日に新たな戦闘がはじまり、会社は閉鎖されました。この一件であらためてレバノン情勢の不安定さを思い知らされました。情勢が安定する兆しがいっこうに見えないので、姉のいる日本に行って勉強を続けるよう母に言われました。母ひとりをレバノンに残していくことを考えると、つらい気持ちになりましたが、母には多くの友人がいて、レバノン国内にとどまっている親戚もいるのだからと自分に言い聞かせました。

日本滞在中の一九七六年に、わたしたち家族はスイスの外交官、ダニエル・アヴィオラと知り合いました。彼とはそれ以来ずっと親しくしています。奇遇ですが、彼は一九八一年にベイルートに配属されたので、ほぼ毎週末友達を連れて母の家に遊びに来るようになりました。優しい彼は母を元気づけてくれました。まるで母の実の息子のようで、彼は母がお母さんらしい愛情を自分に向けてくれることに感謝していました。実際に母のことを「お母さん」と呼んでいたぐらいです。母が住むキリスト教徒の居住地区、東ベイルートと、ダニエルが勤める大使館と住居のあった、イスラム教徒が多く暮らす西ベイルートとの境界線、グリーンラインを何度も命がけで越えてまでして、母に会いに来てくれたのです。

当時はシリア軍がPLOと親パレスチナのイスラム教系民兵組織に加担しており、イスラエルと一触即発の危険な状態で、南部の国境付近では実際にイスラエル軍との衝突が頻繁に起こっていました。アメリカの支援を受けたイスラエルは報復のために何度かレバノンへの侵攻を試みましたが、一九八二年についに成功してレバノン南部を占領しました。ダニエルによれば、彼がレバノンに滞在しているあいだに殺害された外国人外交官は五六名にのぼるということです。なかには誘拐されて、捕虜となった民兵の解放を求めたり、イスラエルとシリアに撤退するよう圧力をかけたりするための人質にされた者もいました。

レバノン内戦の終結に伴い、イスラエルは一部を占領していた南レバノンから二〇〇〇年に撤退しました。レバノン人と、後方支援を受けたイスラエル国防軍とのあいだで繰り広げられた戦いは一五年に及びました。シリア軍にいたっては、レバノン国内に二九年間も駐留していましたが、レバノン前首相のラフィーク・ハリーリの殺害事件を受けて、国連安全保障理事会が二〇〇五年に撤退を命じました。

ふたたび日本へ

ロサンゼルスではなく日本に戻った理由はいろいろあります。ロサンゼルスは安全だと思えず、都会暮らしに馴染めませんでした。それに、アメリカには家族が誰もいなかったので、故郷から遠く離れた場所に来てしまったと感じていました。逆に日本とは深いつながりがありましたし、日本に行けば姉のそばで暮らせるということもわかっていました。

わたしは日本に舞い戻ると、コンピュータ・サイエンスの分野で修士号を取得するため、大阪大学大学院工学研究科に入りました。やりがいのあるこの分野をもっと極めてみたかったのです。ところが驚いたことに、大学の教官は英語をほとんど話しません。それどころか、外国人留学生には日本語の習得が期待されていました。日本の大学で学ぶために来日した留学生の大半は「文部省奨学金」という日本政府の奨学金を受給していました。自分が進む大学院の地域によって、大阪外国語大学か東京外国語大学のどちらかで半年間の日本語コースを受けることになっていました。わたしは大阪にいたので、大阪外大で基礎的な日本語を学ぶことになりました。

カナディアンアカデミーでもそうでしたが、日本人学生は内気で控えめでした。ここでも、わたしはさまざまな国からやって来た留学生と親しくなりました。留学生たちは、堅苦しいルールや制約だらけの環境に暮らし、ホームシックになっていました。イギリス人と日本人には似ているところがたくさんあります。どちらも島国で、国民は自分たちの文化に誇りを持っています。ですが、当然ながら、ちがいもあります。イギリスでは外国人も慣習に従い、現地の文化を受け入れるよう強制されることはなかったので気楽でした。わたしは日本人との意思疎通に困難を覚えることがよくありました。おたがいきちんと紹介されていて、同じ研究グループにいるにもかかわらずです。そんなコミュニケーション上の問題を抱えているのはどうやらわたしだけではないようでした。

多くの留学生が、口数の少ない教官とのあいだに生じた誤解のせいで単位を落としていました。学生の合格や落第を決める力をひとりの指導教官が握っていました。指導教官とうまくいかない学生にとって、このシステムはやっかいなものです。授業で学生にどんなことを期待するのか、教官が学生とオープンに語らうことはありませんでしたし、教官からフィードバックも与えられないので、学生は実際にはうまくいってないのに自分は大丈夫だと勘違いするのです。

ありがたいことに、わたしには服部哲郎《てつお》さんという、よく話しかけてくれる面倒見のいいチューターがいました。コンピュータ関連の文献の多くは英語で書かれているので、研究は日本語を流暢に話せなくても進めることができます。でも、彼は日本の文化や礼儀のことを熱心に教えてくれました。おかげでわたしは日本で期待されることがよく理解できるようになり、教官やラボの研究仲間とのコミュニケーションを円滑に進められるようになったのです。

猶彦との再会

イギリスから関西に戻ることになって、また猶彦と連絡を取り合えると思うとわくわくしました。彼とは楽しい思い出があったので、再会を楽しみにしていたのです。さいわい、わたしが日本を離れていた一九七七年から一九八一年のあいだ、わたしたちは手紙を出し合い、文通を続けていました。猶彦は一九七七年にカナディアンアカデミーを卒業後に東京に拠点を移しました。伯父である梅若万三郎(二世)のもとで能楽師としての修業を続け、上智大学比較文化学科を卒業しました。

わたしが猶彦に電話すると、はずんだ声ですぐに会おうと言われました。それからほどなく、わたしたちはまた会うようになって、彼がお母さんに会うために関西に来るたびに一緒に出かけるのを心待ちにするようになりました。当時、彼のお母さんはわたしの通う大学からそれほど離れていない大阪府箕面市に住んでいたのです。箕面は自然豊かな場所として知られています。有名な滝があり、秋になるともみじの紅葉が見事です。わたしたちはよく滝を見に行き、猿が出没する山道を散策して、サクサクに揚がった名物のもみじの葉の天ぷらに舌鼓を打ちました。

わたしと猶彦がよく足を運んだのは神戸です。六甲山はわたしのお気に入りの場所なのです。とくに、光り輝く神戸港を見下ろす美しい眺めはレバノンを思わせます。わたしが内戦のことや家族や友人と離ればなれになったことで心を痛めていることが猶彦にはわかっていたので、彼はよくわたしをなぐさめてくれました。わたしたちはふたりで映画を観て楽しみました。ヒッチコック、チャップリン、フランシス・フォード・コッポラなどの作品がお気に入りでした。そうやってふたりで映画を観ていると、内戦で負った心の傷が確かに癒されるようでした。

そんなある日、わたしが阪神間で自動車を運転していると、猶彦が丘の上に建つ病院を指さして、「きみに結婚してもらえなかったら、ぼくはあそこに入ることになる」と言うではありませんか。最初、わたしはびっくりして何と答えたらいいのかわかりませんでした。きっといつもの冗談だと思いました。彼は普段冗談ばかり言っていましたから。それまで結婚を意識したことなどありませんでした。わたしは修士課程の二年目を終えなければなりませんでしたし、結婚して東京に住むことになれば、それができなくなるからです。

何よりも、まだ彼や彼の家族のことをしっかり理解できているわけではなかったので、結婚だなんてとても考えられませんでした。それに、これまでにふたりの関係について真剣に話し合った記憶もなかったのです。能の一族のしきたりで、じつはこのとき猶彦には決められた許嫁《いいなずけ》がいたこともまったく知りませんでした。あとで知ったのですが、ふたりの関係はうまくいかなかったようです。猶彦は婚約者のことや、相手との関係についてわたしには何も言いませんでした。過去のガールフレンドについても口を閉ざしていました。わたしはずっとあとになってから、彼のお母さんから聞かされてはじめて婚約者がいたことを知りました。

梅若一族との対面、そして結婚

由緒ある家系に生まれた能楽師は一族の伝統に誇りを持っています。彼らは当然のように芸に一生を捧げるものと期待されるので、高等教育はあまり重要視されません。そんななかで知識人の猶彦は一風変わっていました。彼はドイツ、ロシア、フランス、日本の哲学書や文学を愛読していました。わたしはそういう点でも彼に魅かれるものを感じました――大の読書好きだった父を彷彿とさせたのです。

その時点でわたしは猶彦の家族には母親のロザと弟にしか会ったことがありませんでした。

ロザの言動は型破りで個性的でした。例えば、彼女は和服を着ませんでした。おしゃれだった自分の母親の影響を受けて、洋風のスーツに帽子といういでたちでした。第二次世界大戦中にはフランスからベッドを取り寄せました。若いころはスクーターに乗り、アイススケートを楽しんだそうです。めずらしい香水やアンティーク家具が好きで、洗練されたセンスの持ち主でした。食事のときには陶磁器とクリスタルガラスの食器しか使いませんでした。結婚は二度しています。彼女の名前自体も日本ではめずらしいものです。ロザの父親は貿易業に携わっていたので、英語やフランス語など数か国語に通じていました。彼はアンティーク蒐集家としての一面も持っていましたが、きっとそれがロザの個性的な趣味につながったのでしょう。

「猶彦さんの家族にはどうやって受け入れられたのですか?」。これもよく聞かれます。わたしの大学は猶彦のお母さんの住まいから近かったので、わたしは彼女の大好物のチョコレートをお土産に、よく彼女の家に遊びに行きました。いったいわたしのどこが気に入られたのかわかりませんが、わたしが彼女と同じようにカトリック信徒として育てられたということはあるかもしれません。どうやらロザは猶彦にわたしと結婚するようけしかけていたようです。

猶彦の弟はオレゴン大学で物理学を学びました。彼とは英語で話せるのでほっとしました。気さくで愛想のよい人物です。猶彦の異母兄で、のちに梅若吉之丞を襲名することになる梅若盛義《のりよし》には何度か会う機会がありました。たいてい能楽堂で顔を会わせて、かしこまった挨拶を交わしただけですが。猶彦のもうひとりの異母兄、正義《ただよし》には盛義の追悼式典で顔を合わせたことがあります。彼はかつて梅若正二《しょうじ》という芸名で活躍し、映画『赤胴鈴之助』で主演を務めたことで知られる映画俳優で、アメリカに住んでいました。わたしは彼の映画俳優としての経歴や海外生活に興味があったのですが、会場が混雑していたので、彼とはあまりお話しできませんでした。

猶彦の能の公演に付き添っていたとき、猶彦から伯父の梅若万三郎を紹介されたことがあります。わたしは深々とおじぎをしたのですが、彼のほうからはあまり反応が返ってきませんでした。彼自身はあまり口を開かないことや、そのやりとり全体の形式的な雰囲気にわたしは面食らいました。これがわたし個人に向けたものではないということはわかっていました。梅若家の人たちは、わたしにだけでなく、たがいにあらたまったやりとりをしていたからです。万三郎の息子の万紀夫《まきお》と万佐晴《まさはる》とはもう少し打ち解けることができて、いまでも能楽堂で会うと丁寧な挨拶を交わしています。猶彦はわたしたちの結婚が一族から認められようと認められまいと気にしていなかったので、わたしを他の親戚には紹介しませんでした。わたしは彼の一族が他人行儀だと思いました。レバノンでの義理の家族とのつきあい方とはまったくちがいます。

レバノンでは、よく本人やその家族を自宅に招いて昼食や夕食でもてなし、新しい義理の家族を歓迎します。

猶彦にプロポーズされたとき、こんなにかけ離れた文化に溶け込むのは無理だと思いました。それに、わたしは彼のことや、彼の一族の価値観もよく理解していなかったのです。一五世紀から一族のなかで連綿と父から子へ受け継がれてきた文化遺産を後世に伝える手助けをするために、わたしに期待される役割がどんなものなのか、よくわかりませんでした。そんな文化遺産はわたしには荷が重すぎました。それでも、猶彦はそのことについては心配いらないとうけあいました。猶彦から手紙をもらい、わたしは心動かされました。そこにはこう書いてありました。「能の世界のことはそんなに心配しなくていい。そんな世界は実在せず、それ自体に何の意味もないのだから。たとえあったとしても、実際に何か力があるわけではない。ぼくたちのつくる世界(きみとぼくとの世界だ)がすべての中心になるだろう」。

人は恋に落ちると、行く手にどれだけ多くの困難や障害が待ち構えていても、何とかなると思うものです。わたしは彼の魅力と、たがいに魅かれ合う気持ちに勝てませんでした。彼はとてもおもしろい人でしたし、知的で興味深い会話をすることができます。わたしの気持ちを大切にしてくれて、わたしがホームシックになると山に連れていってくれたり、素晴らしい食事をごちそうしてくれたりしました（彼は大の美食家なのです）。禅僧のような彼の雰囲気は印象的で、一緒にいると地中海気質で陽気な性格のわたしも心を落ち着かせることができました。将来、能とその古式ゆかしい世界にかかわることを考えると不安が胸をよぎりましたが、これから猶彦と一緒にその世界に飛び込むんだと考えると、何だかわくわくしました。わたしたちは一九八二年に結婚しました。

第2章

能との出会い

1982年の婚約時．箕面の梅若家の能舞台にて（撮影：妹のポリーヌ）

1　求められる伝統と使命

能に魅了される

能は現在でも上演されている、最古の伝統演劇だと言われています。舞、音楽、演劇、物語から成るこの舞台芸術の起源は一四世紀にまでさかのぼります。わたしがはじめて能に出会ったのは、一九七四年。家族で初来日した年です。わたしは一六歳でした。能のことは何も知らなかったのに、たちまち洗練された古典芸能の虜になりました。うまく説明できないのですが、能の静寂と音楽の妙なる調べに引き込まれたのです。舞台をじっと見つめていると、昔の日本に迷い込んだような気になりました。わたしは姉のマリーローズと連れ立って、歌舞伎、文楽、日本舞踊など他の日本の伝統芸能も鑑賞しています。ですが、能ほどに心を揺さぶられたものはありませんでした。

外国人が能を鑑賞すると、絢爛豪華な能装束や優美な能面に興味を持つことが多いのですが、わたしはそういった要素にばかりに惹きつけられたのではありません。能のおごそかな雰囲気そのものが印象的でした。わたしが魅了されたのは、能楽師の静かな動きとエネルギーの高ぶりとのコントラスト、研ぎ澄まされた所作、能楽師が漂わせる威厳と落ち着き、そしてあたりに満ちる穏やかな気品です（のちに、これが「幽玄」と「妙」という能の観念から生じるものだと知りました）。

老荘思想に由来する「幽玄」とは、「森羅万象に宿る美や人の苦悩から生じる哀切な美を感知する深遠で不可思議な感覚[1]」と説明されます。「幽」という字には「はっきりせず、不可解で、人がうかがい知ることのできないもの」という意味があります。「玄」は「奥深さ」、さらに「闇」を意味します[2]。「妙」とは観客と役者とのあいだにときに生じる相互作用と一体感のことで、わたしがはじめて能の舞台を観たときに体験した感覚がまさしくそれでした。

能が大好きだと言うと、たいてい驚かれます。日本人にすら難解なのに、外国人であるわたしにどうしてそのよさがわかるのか、不思議がられます。そう言われると、わたしは、能ならではの静けさ、優美さ、詩情あふれる物語をまず味わってくださいとお伝えしています。ですが、何よりも大切なのは、能楽師が伝える情感を感じ取ることです。ある意味、オペラやその歴史についてはよく知らなくても、オペラ歌手のよさがわかるということと似ています。能はわたしを魅了し、舞台に目をくぎ付けにさせ、不思議な陶然の境地へといざなうのです。

猶彦と能

わたしが能の世界の内実を知るようになったのは結婚後のことです。能楽師の妻としてはじめて能楽堂に赴いたその日、「ここではわたしから三歩下がって歩くように」と猶彦に申し渡されました。わたしは耳を疑いましたが、これも夫が従わざるをえない伝統なのだと自分に言い聞かせました。他にも似たような経験を何度も繰り返して、わたしは彼が属する世界を垣間見、舞台裏ならではのしきたりや上下関係を徐々に理解するようになりました。由緒ある一族に嫁いだ、ただひとりの外国人として、「ものごとをあるがままに受け入れる」という日本の知恵に学ばなければと思っていました。

それに、能楽師にうやうやしい態度で接しなければならないのは、わたしだけということではなく、格上のシテ(主役)が楽屋に入ってくると、他の能楽師たちが頭を床につけるように深々とお辞儀をする光景にわたしは興味を引かれました。もしシテが自分より格上であれば、年長者の能楽師でさえこの慣例に従わなければならないということを目の当たりにして、驚いたものです。まるで、黒澤明監督の『七人の侍』のような日本映画に出てくる主君と侍の挨拶さながらです。

2001年，ニューヨークのディア・センターでの『屋島(弓流　素働)』上演後に一同で．舞台デザイン，写真撮影は杉本博司による．© Hiroshi Sugimoto/Courtesy of Gallery Koyanagi

国立能楽堂の楽屋の配置もまた、江戸時代から変わらないようです。舞台裏に足を踏み入れると、まずシテとシテツレ（シテの仲間）の楽屋があり、次に地謡《じうたい》（コーラス、シテ方）、ワキ（脇役）、狂言方（コメディアン）の楽屋が続き、囃子方（奏楽担当）の楽屋はいちばん奥※です。

※これには演奏前に大皮（大鼓）の革を焙《ほう》じることとも関係があるようです。

わたしはしきたりを受け入れられることもあれば、納得できないこともありました。あるとき夫に英語で「Do not talk back!（口答えをするな）」と言われ、あっけにとられたことがあります。最初は冗談かと思ったのですが、彼は本気でした。出会ったばかりのころのような優しい男性はどこかに消え、そこにいたのは何を言っても聞き入れてもらえない暴君でした。

わたしはこの思いがけない現実を理論的に考えてみようとしました。教養人であるはずの夫がなぜそんなことを口走るのか理解できなかったのです。彼が心に抱く劣等感のなせるわざでしょうか？　女性を敬う気持ちがないのでしょうか？　なぜあんなふうにわたしをコントロールしようとしたのでしょう？　それに、どうして結婚後に急に変わってしまったのか？　長年考え続けているのですが、まだ答えは出ません。ですが、支配欲一般に関するある仮説を立てています。わたしたち夫婦は同い年なので、わたしが持ち前の気の強さでもって夫婦関係において優位に立つことを猶彦は警戒したのかもしれません。

わたしが猶彦の態度に理解を示そうとすると、友人たちは決まって首をかしげます。わたしは心理学や人間の行動に興味があるので、夫の考え方を理解するために彼の成育歴を考えずにはいられません。修業、また修業の能楽師の世界では、師匠にたいしては質問も許されないのでしょう。その人間関係が当たり前になったのかもしれません。尊敬する師である父に口答えすることなど、猶彦にとってはありえないことでした(猶彦の両親も夫婦喧嘩はしたそうですが、時代的なこともあって能の世界では女性の口答えは許されなかったようです)。

能の名人は芸を極めることに集中しており、それが世界のすべてです。能とは字義的にも

「至高の達成」だとか「芸の極致」を意味します。猶彦の父親の梅若猶義《なおよし》は、彼を知る能楽師たちから「真の名人であった」とよく聞かされました。そんな猶義は息子に相当大きな期待をかけていたにちがいありません。しかし猶彦に十分稽古をつけることもできずに半ば、亡くなったわけですが、そして、父親のことを尊敬してやまない猶彦も父を落胆させまいと懸命に頑張ったはずです。能の世界の厳しさに幼少期からの期待が加わり、猶彦の心に重くのしかかったのでしょう。わたしたちの息子、猶巳《なおとも》もまた、父親である猶彦の厳格さの影響を免れませんでした。

臨床心理学者のローラ・マーカムその他の研究により、厳しい躾《しつけ》を受けた子どもはそうではない子にくらべて、生涯にわたって情緒不安を抱えやすい傾向にあるということがわかっています。猶彦は多くの点で平静を装っているものの、彼の心の奥底には父親や能の世界から寄せられた多大な期待の影響が根強く残っていて、それが情緒不安定につながっているのではないかとわたしは感じています。キャサリン・オーノによるインタビューのなかで、猶彦は能楽師としての自分の技量に疑問を抱いたことがあると語っています。「そのような懐疑を克服することで、彼は何とか能楽に携わることができた。この決定的な体験がなければ、能の世界から去っていたかもしれないと彼は考えている」(3)。一族の者は何世代にもわたり同じような重圧に耐えてきたのでしょう。その体験が彼らの世界観を形成し、配偶者とのかかわりや子育てなど、周囲の人間関係にまで影響を及ぼすようになったのではないでしょうか。

猶義と猶彦．猶彦の初舞台となった3歳のとき

父、猶義の影響

猶彦の父親であり師である猶義は東京と大阪の箕面を行き来しながら暮らしていました。東京では旧財閥の三井家の三井八郎右衛門氏も熱心なお弟子様だったようです。いっぽう、箕面発信で、梅若会は全国展開で能公演を行っていました。猶義の自宅には美しい能舞台がしつらえてあり、座布団を敷いた見所《けんじょ》で最大二〇〇名が能を鑑賞できるようになっていました。猶彦は猶義の二度目の結婚で最初に生まれた子どもです。彼は自分を自慢げにどこにでも連れていく父親から甘やかされ、溺愛されていたようです。

幼いころの猶彦は有名ないたずらっ子でした。信じられないことですが、精神統一をする鏡の間の鏡に油性マジックで落書きをしたこともあるそうです。それでも、彼は猶義の息子なので、当然ながら誰にも叱られません。猶義は息子のいたずらを見て見ぬふりをしていましたが、将来の厳しい修業のことを思い大目に見ていたのでしょう。

偶然にもわたしの父が亡くなったのと同じ六〇歳で猶義はこの世を去りました。父親の死で猶彦をとりまく状況は一変します。アナスタシア・エドワーズによるインタビューのなかで猶彦はこう語っています。「わたしが一五歳のときに父が六〇歳で亡くなったのですが、能の世界では早すぎる死でした。父親を亡くすということは、すなわち師匠を失うということなのです」。その記事のなかでエドワーズは続けて、「父親を亡くすということは、能の世界において父から息子へと継承される、政治的つながりやプロ同士の人間関係の複雑に絡み合ったシステムにアクセスできなくなるということを意味する。梅若家という家名と一族のつながりという頼みの綱があるとはいえ、彼は心情的には孤立無援の状態にあった」と書いています。(4)

悲しみの渦中にあっても猶彦は能楽師として経験を積むことをあきらめませんでした。きっと、そうすることで父親の記憶や彼が遺したものをこの世に留めておけると考えたのでしょう。猶義の死後、猶彦は伯父、梅若万三郎(二世)の教えを受けました。ですが、猶彦にとって唯一の最良の師は父、猶義でした。

猶彦は猶義が舞う様子を記録したビデオ映像を繰り返し見ることで、独学で能の所作を極めようとしました。この貴重な記録はソニーのオープンリールテープに残されていたものですが、保存のためにＶＨＳビデオに転換され、のちにＤＶＤディスクに収められました。猶彦はさらに、猶義の玄人のお弟子からも父親の型や謡を学びました。

能の振付を詳しく記録した秘伝書、「型附《かたづけ》※」が手元に残されたのは猶彦にとってありがたいことでした。これは、能を上演するときの「型」を細かく記したもので、舞台を成功させるためになくてはならないものです。型附の歴史は能と同じぐらい古いのです。「能が幕府の式楽《しきがく》となった際に、将軍徳川家光は型附を定め、伝統を固定化するためにそこからの逸脱を禁じた⑸」とされています。

※初世梅若万三郎の手書きで、能二〇〇曲近くが五巻に収められ、他に大習小習の巻、さらに重習の巻で構成されています。これが猶義に伝えられました。

父から息子へと承継される型附が、一般の生徒や弟子に公開されることはありません。能の修業を積む際、この指南書のおかげで一族の者は能の型にかかわる圧倒的な量の情報に触れることができ、それによって他よりも抜きんでることが可能になります（もちろん一般論であり、例外もありますが）。猶彦にとってこの型附はかけがえのないものです。災害の際に何かひとつだけ持ち出せるとしたら、彼は迷わず型附を選ぶでしょう。

猶義の死後、猶彦はそれまでの贅沢な暮らしを続けられなくなりました。箕面にとどまり、父が遺してくれた能舞台を使って能を教えることもできたのですが、あえて東京に拠点を移しました。より活発なアートシーンのなかに身を置きたかったのでしょう。最初は素人のお弟子さんに稽古をつけていくばくかの収入を得たり、おじやいとこ、一門の舞台に出演して、わずかばかりの出演料を受け取ったりしていました。能の上演には多額の経費がかかるので、公演を主催しても赤字になることが多く、たいした収入にはなりません。能楽堂の使用料、仲間の能役者や三役(ワキ方、囃子方、狂言方)に支払う出演料、それに装束のレンタル代などを支払わなければなりません。

能は無形文化遺産にも指定され、能楽師のなかには人間国宝もいるというのに、現時点で日本の公的機関が能にたいして安定的支援を行うのは難しい状況となっているようです。海外公演の場合は国際交流基金の助成や、また理解ある芸術文化振興基金の支援を受けることがあります。同じ伝統芸能でも、歌舞伎の場合は歴史的に松竹株式会社が興行を行ってきましたが、能公演の多くはそのような興行形態をとらず、また能楽師には、歌舞伎役者のように舞台に出演して給与が支払われることもないのです。

このため、能楽師の多くは自活を強いられており、競争の激しい世界で頭角を現すために懸命に努力しなければなりません。それは猶彦も同じです。何の後ろ盾もないにもかかわらず、彼は伝統を後世に伝えることに身を捧げることにしました。いっぽう、わたしはコンピュータ関連のキャリアを追求することもできましたが、猶彦を助けて一族の伝統を絶やさないようにするべきだと思いました。能を世に広めるという猶彦の使命はわたしの使命となったのです。

2 「和」を乱す変化

能の世界のしきたりとわたしたち夫婦

あるとき知人に言われたのですが、彼女は友人たちと、わたしと猶彦の結婚が一年ももたないだろうと話していたそうです。外国人が古典芸能の世界のしきたりに耐えられるはずがないと思われていたのです。猶彦の親戚にもそう考える人がいたそうです。わたしたちの結婚がこれほど長く続くとは、その人たちには予想外だったでしょう。わたしは猶彦と結婚してかれこれ三七年になります。

能楽師の妻となれば、定められた礼儀作法に従ったり、丁寧な言葉遣いをしたりと、伝統的にさまざまなことが求められます。ところが、夫の猶彦と義理の母親のロザは、そういうことをわたしにこと細かに要求しませんでした。わたしに丁寧な挨拶の仕方を教えるべきだと誰かが注意したとき、猶彦はそれに反発したほどです。ありがたいことに、猶彦はわたしに自然体でいさせてくれ、無数にある礼儀作法を押し付けたりしませんでした。彼の父親も、モダンな妻に対して能楽堂での立ち居振る舞いをあれこれ指示しなかったそうなので、猶彦は父親に倣ったといえます。猶彦は体裁を気にかけず、わたしたちが他人にどう思われようとどこ吹く風でした。ですが、自分が大切だと思うことには熱心に取り組みました。それは、能を世の中に広めることです。

そうは言っても結婚して間もないころは、猶彦が能の舞台に出演するたびに、わたしもこの世界に溶け込めると証明しなければと必死でした。それで、公演に付き添うときは和服を着るようになりました。和服のことでは、夫の弟子の方たちに助けられ、感謝しています。とくに松本さんと中川さんは、時節に合った和服選びを手伝ってくれました。着付けの仕方や、上品な歩き方も教えてくれました。そのうえ、おふたりの和服を貸してくれることもありました。当時、わたしたち夫婦には和服をあつらえる金銭的余裕がなかったのです。わたしは小柄でしたから、和服がよく似合うと言われました。髪の色も濃い茶色ですので、日本人女性の髪の色と似ています。それでも、わたしはいろいろな意味で注目の的になっていたようです。人からじろじろ見られることに気づいていました。注目を集めるのはおもしろい経験でしたが、そのうちに、和服を着たり、敬語で話したり、楽屋で装束を畳んだりといった、能楽師の妻として求められることよりも、能を広く知ってもらう活動のほうが大切ではないかと思うようになりました。

猶彦はわたしについての噂話や批判を耳に挟んでいたはずですが、わたしには絶対に教えてくれませんでした。それどころか、「きみのことを感じのいい人だと言っていたよ」など、褒められたときだけ知らせてくれるのです。だからといって、わたしは噂話に気づいていないわけではありませんでしたが、気にしないようにしていました。たとえわたしの礼儀作法が完璧であっても、わたしは能の世界に完全に受け入れられることはないでしょう。ついでに言えば、日本社会にも完全に受け入れられることはないのです。

数々の礼儀作法を身につけることはそれほど苦になりませんでしたが、古典芸能の世界の日本人女性の多くがするような、従順すぎる振る舞いだけは受け入れられませんでした。絞り出すようにして甲高い声を出し、女性らしさを強調する人もいましたが、聞いていて気持ちのよいものではありません。それに、丁寧に話すこと自体はかまわないのですが、率直さやわかりやすさを損ねてまで丁寧な話し方をしたいとは思いません。敬語を使うとき、人は決まりきった筋書きに沿って、やたらと謙遜して言葉を交わしがちですが、それはわたしの性に合わなかったのです。それどころか、わたしは反抗心から、敬語は使わないことにしました。それが自分らしさを保ち、他人にも率直でいられる、いちばんいい方法だと思ったのです。

そうすることで、わたしは自分が感じていたとてつもない周囲の重圧から自分の心を守っていました。ですが、いっぽうで少なからぬ代償を払うことにもなりました。わたしは自分が国民として生きるこの国に、完全に溶け込んでいると思えないのです。フランク・シナトラの歌《マイ・ウェイ》をよく思い浮かべては、自分をなぐさめています。

猶彦は心配しなくていいと言ってくれたものの、わたしには能を普及させようと奮闘する猶彦をサポートする、決して楽ではない責任を引き受ける覚悟がなかなかできませんでした。例えば、猶彦が公演を行う際に毎回借りていた、座席数が六〇〇近くある国立能楽堂を満席にするのは大変なことです。異母兄である盛義やいとこの万紀夫の率いる一座の公演に猶彦は出たがらなかったので、さらに苦労が増えました。どちらも大勢の弟子やファンを抱えていたので、それだけ集客しやすかったのです。

猶彦は由緒ある梅若家出身で、観世流に属する能楽師でしたが、当時はまだ知名度がありませんでした。わたしたちは東京に越してきたばかりで、閉鎖的な雰囲気の能の世界にはまったく伝《つて》がありません。それに、義理の母は神戸で暮らしているので、わたしが猶彦の公演を宣伝するのに手を貸すことができません。結婚に続く出産、子育てについては次章で述べますが、そのころ、娘のソラヤはまだ幼く、わたしのお腹には息子の猶巴がいました。猶彦は父親の弟子数人と連絡を取り合っていましたが、それだけでは十分な支援が受けられません。この先いったいどうすればいいのか、わたしは途方に暮れました。

能を外国人へアピール

最初は大変なことばかり続きましたが、わたしはもっと多くの人に能を見てもらいたいと思っていました。そのためには、劇場を満席にする秘策を練らなくてはなりません。わたしはまず、日本アジア協会、東京アメリカンクラブ、東京バプテスト教会、東京ユニオンチャーチなどで、日本在住の外国人向けに英語でのレクチャーやデモンストレーションを企画するところからはじめました。それらの場所では猶彦のような専門家から英語で日本のことを学べるので、文化に関心が高い外国人や日本人が多く集まっていました。

幸運なことに、当時の駐日レバノン大使、サミラ・エル・ダハー大使は日本文化のよき理解者であり、能の美的世界にも興味を持っていました。彼女は、大使公邸で開催された数々の晩餐会にわたしたち夫婦を招いてくれました。わたしは一九八六年のある晩餐会のことを今でもよく覚えています。わたしは息子の猶巴の妊娠後期に入っていましたが、何とか和服に身体を押し込み、常陸宮夫妻がご臨席された、フォーマルな着席形式の夕食会に参加しました。そこには、当時のアメリカ大使、ドイツ大使、イラク大使も出席していました。サミラ大使は、東京在住の外交官や、彼らが招く著名なゲストとわたしたちが知り合えるよう取り計らってくださったのです。そこで知り合った高官や、彼らの知り合いがのちに猶彦の公演の常連客となってくれました。

猶彦の公演にご招待すると、外国の高官や外交官はとてもよろこばれます。それまで、どうすれば能の世界を体験できるのか、よくわからなかったのです。友人や知人たちのあいだで能への関心が広まるのを目の当たりにして、わたしは思い切って能楽堂の貴賓室を活用することにしました。通常、そこは部外者立入禁止で、それまでほとんど使われていませんでした。招待状にわざわざ個人宛てのメッセージを書き添えて発送するのは手間がかかりましたが、そうやって特別な関心を示せば集客に効果絶大だとわかっていました。最初、なぜそのようなお客様をお招きするのか、義理の母にはわかってもらえませんでした。でものちに、能に魅了されたお客様が猶彦を海外公演に招聘しようと一役買ってくれるようになるということを理解してもらえました。

とはいえ、能の世界に変化を起こすのは生半可なことではありません。猶彦の一族や他の能楽師のなかには、わたしをこの世界の一員だと認めていない人もいると感じることもありました。それは、外国人の能の愛好者を増やすことの大切さがなかなか理解されないということにも表れていました。そのため、外国人にも演目が理解しやすくなるように、英語のあらすじを配布する動きも鈍かったのです。あらすじがわかれば能を鑑賞中に想像力を働かせることができますし、舞台の進行にもついていくことができます。能を外国人にもわかりやすくする試みの意義が理解できない人は、猶彦の一族以外にもいました。猶彦に電話をかけてきて、わたしたちが演目の英語解説を配布したことに苦言を呈する人もいました(驚くべきことに、そのなかには匿名の外国人もいたそうです)。おそらく、外国人には能がわからなくても結構と考える風潮が一部にはあるということなのでしょう。

日本人にも能を

わたしは外国人のみならず、日本人にも能を広めようとしました。というのも、大使館のレセプションでは和服で着飾った上品なご婦人方にお目にかかる機会がよくあったのですが、そういう方たちであれば伝統芸能の支援に興味があるはずだと思ったのです。歌舞伎にくらべて能の人気はいまひとつだということは承知していました。とはいえ、蓋を開けてみるとそのような女性の多くは能にまったく興味がないとわかって、がっかりしました。彼女たちの興味の対象はクラシック音楽やオペラなどの音楽ジャンル、その他の舞台演劇や娯楽でした(かろうじて生け花や茶道などの伝統文化も興味の対象に入っていましたが)。高校の修学旅行で能を鑑賞したことはあるが、難しすぎて理解ができなかったとよく言われました。能のテンポがあまりにゆっくりなので、退屈してしまったということでした。

日本の学校では能をはじめとする日本文化が誇るべきものとして、つい最近まで教えられてこなかったのは、驚くべきことです。とりわけ、能楽は二〇〇八年にユネスコによって「人類の無形文化遺産の代表的な一覧表」に記載されています。「能楽」には狂言※も含まれます。

※現在、狂言には狂言単独公演と能に喜劇的要素を添える間狂言のふたつがありますが、もともとは能以前の一般的にいう寸劇のようなものから発展したものです。

この無形文化は、生徒さんが文化的ルーツや日本人としてのアイデンティティを理解する重要なきっかけになるはずです。日本の学生には、シェイクスピアについて学ぶように、世阿弥元清の美学や彼が作り出した演目の豊かさを学んでほしいものです。世阿弥の能楽論はシェイクスピアよりも二〇〇年も前に書かれたものですが、彼は「日本のシェイクスピア」と呼ばれることがあります。豊かな詩情など、ふたりの演劇には共通する点があるのです。芸術や文化遺産への理解を深める教育が行われれば、生徒さんたちも自国の文化にもっと誇りが持てるようになるでしょう。また、日本人であることに自信を持ち、外国出身者と交流するときも堂々としていられるでしょう。わたしの経験では、日本人は自分の文化的ルーツに関心を持つようになってようやく自分たちの文化遺産の重要性に気づくことが多いようです。

能を外国人に広めることのメリットに気づく能楽師が現れるようになったのは、よろこばしいことです。彼らは英語の演目解説を提供する努力をしています。国立能楽堂にもようやく英語字幕を表示する小型液晶画面が設置されました。最近では、その他の能楽堂も英語字幕を映し出すタブレットを配るなどして、外国人にも演目がわかりやすくなるよう工夫をこらしています。梅若能楽堂のように、能の入門ワークショップを無料で行うところもあります。

3　能の舞台裏

夫婦間の距離

能の普及に熱心に取り組み、猶彦の公演を意気揚々と知らせるわたしの姿を見て、友人たちはあっけにとられています。こういう態度は出しゃばりだと思われることもあるようですが、これも夫を応援するわたしなりのやり方なのです。猶彦は人生のほぼすべてを芸を磨くことに捧げ、極限まで自分を追い込んで厳しい修業をしています。その一環として、毎日最低二時間、立ったまま瞑想を行います。猶彦のように瞑想をとくに重要視する姿勢は能の世界では一般的ではないようです。彼はジャーナリストにこう語っています。「瞑想によって、能の構え、身体、姿勢、身体の内側の動きを把握しようとしています[6]」。瞑想を日々実践する猶彦は、その効果である種独特な存在感を舞台上で放てるようになることを目指しているのです。さらに、彼はこうも語っています。「わたしにとって瞑想とは無への投資です。無心になるのは難しいですが、それこそが能の本質だと思っています[7]」。

さらに、猶彦は体型の維持に気を遣っています。体重を増やさないように節制しているのです。それに、どの演目にも欠かせない重い装束やかつらを身に着けて舞台上で動き回れるように、健康維持も大切です。ちなみに、装束だけで重さが一〇キロ以上になる場合もあり、演目によって異なりますが、一時間か、ときにはそれ以上のあいだ装束を脱ぐことはできません。

能の所作を身につけた猶彦に、あるときテレビドラマ『HIROSHIMA』※で昭和天皇の役を演じる話が舞い込みました。昭和天皇がセリフ付きで演じられるのは史上初でした。監督による

原子爆弾投下50年目の1995年に制作されたドラマ『HIROSHIMA』．昭和天皇がセリフ付きで演じられるのは史上初で，猶彦が抜擢された

と、古典芸能の能ならではの威厳と落ち着きをこの作品にもたらすことを期待して猶彦を抜擢したとのことでした[8]。このドラマへの出演経験を猶彦は「慎重に演じないといけない役だった」と振り返っています。動きが最低限まで絞り込まれ、「少ないほどいい」という価値観に支えられた能の修業に助けられたのだと猶彦は考えています。それはまた、昭和天皇の「内面」を表現するのにもおおいに役立ったのです[9]。

※一九九五年の日本・アメリカ・カナダ合作のテレビドラマ。監督は蔵原惟繕とロジャー・スポティスウッド。第二次世界大戦末期、広島と長崎への原爆投下までの意思決定のプロセスを描いています。

いっぽう、実生活では波風が立つこともありました。過去に猶彦はときどき王様や皇帝であるかのように振る舞うことがありました。そんなとき、わたしは冗談めかして彼のことを「わたしのパシャ（訳注：オスマン帝国などで用いられた高官の呼称）」と呼びました。最初は彼の茶目っ気や広い心、優しい態度に魅かれたわけですが、気難しい一面もあったのです。わたしが彼の気分に「ムラがある」と指摘すれば、彼はまず否定しないでしょう。猶彦は表現者としてつねに不安につきまとわれています。芸術家の多くがそうでしょう。公演が近づくと猶彦は精神統一をしなければならないので、集中するためにひとりになりたがります。彼には独立した人格があり、他人と距離を置いてひとりきりになるのは彼にとって大切なことなのです。あるとき猶彦はレバノン出身の詩人、ハリール・ジブラーンの作品の一節を引用して、距離を置くことの大切さをわたしに説明しようとしました。

有名な『預言者』という作品のなかで、ジブラーンは書いています。「夫婦といえども距離を取るようにしなさい。天から吹く風がふたりのあいだで舞い踊ることができるように……並んで立っていても、近づきすぎるのは禁物です。神殿を支える柱はそれぞれ別に立っていますし、樫の木と糸杉はたがいの影に入ったら大きくなれません」(10)。

はじめ、わたしはこのような愛の捉え方には共感できませんでした。夫と親密になり、おたがいに相棒のような存在になることは、わたしにとって大切なことです。本心を抑え込んでまで配偶者と気持ちの面で距離を置くことのできる人は立派だと思います。芸術家というのは、しばしばエキセントリックで自己中心的になるものだということは承知しています。ですが、いくら自立しなくてはと思っても、夫と距離を取ることは容易ではありません。妻は夫を支えるためにつねにそばにいるものですし、夫にも同じようにわたしを支えてほしいと思うからです。

何年もかけて、たがいに適度な距離を取ることの大切さがわたしにもわかるようになりました。今では大きな公演の数週間前から、夫が必要とするだけ距離を置くことにしています。心身を整えることや、公演を成功させるための準備がどれだけ大変か、よくわかっているからです。猶彦はシテを演じるだけでなく、演目全体の指示や演出に責任を持ちます。舞台上には他にも能楽師がいるとはいえ、謡《うたい》や囃子をリードして、全員の役割を統括する彼の立場は公演の成功を左右するきわめて重要なものです。多くの役者がひとつの演目をシーズン中ずっと演じる歌舞伎とちがって能の公演はいちどきり。そのため、完璧な公演にする重圧がシテにのしかかります。公演後にわたしが畳む装束が汗でずっしりと重たくなっていることからも、この重圧のすさまじさがうかがえます。

「昔の人」

女性の嫉妬心の象徴である、角を生やした「般若の面」は、『道成寺』や『葵の上』などの有名な演目で使用されます。般若の面は執着心や嫉妬の気持ちが高じて幽鬼に変わり果てた女性の魂を表しています。その強烈で恐ろしい表情から、現存する一〇〇あまりの能面のなかでも、最も印象的な面となっています。

歴史を振り返ってみると、平安時代には、女性の嫉妬は異常行為とみなされ、非難されていました。複数の妻を娶《めと》るという、男性だけに認められた特権に盾突く妻には、法で定められた刑罰が加えられました。七〇一年に制定された大宝律令によって、日本の律法と道徳に儒教思想がはじめて持ち込まれましたが、そこでは女性の嫉妬心は離婚の正当な理由になるとされていたのです。当時人気を集めた仏僧や儒教学者たちは、嫉妬は女性の忌まわしい態度であると説きました。当然、すべての女性が気持ちをうまく抑えられたわけではありません。[11]明治時代になってもなお、女性が嫉妬の気持ちを抑えて、夫が外に女をつくるのを受け入れるのは当たり前のことだとされていました。

じつは、能の世界でわたしが受け入れられないことのひとつが、能楽師や能にかかわる人たちの浮気が普通のことだとされている——少なくとも、その習慣が大目に見られている——ということなのです(これは社会全体の風潮でもあり、日本以外の国でも見られることではありますが)。能楽師には大勢のファンがいます。それも相まってときどき色恋沙汰が起きます。

女性関係については別段眉をひそめられるどころか、「あの人は「昔の人」(昔ながらのやり方をする人)だから」とされて、そういう行為が正当化されがちな風潮にわたしは馴染むことができません。

現代の日本人女性はもう夫の浮気に耐え忍んだりはしませんが、能楽師たちはこの「昔の人」の特権を手放せないでいるのかもしれません。伝統芸能の家に嫁いだ妻たちは、男性のそのような態度に対処することはもちろんのことですが、どんなことがあっても社会的調和である「和」を乱してはならないとされます。つまり、波風を立てないことがよしとされるのです。異を唱えてはならないので、女性は自分の気持ちを抑え込むしかありません。

もちろん、浮気をする能楽師ばかりではありません。一九〇〇年のインタビューで、猶彦の曽祖父、実《みのる》はこう述べています。「能を極めるということは、その人の心にかかわることなのです。行動や外見ではありません。能が本領を発揮するのは、純粋な魂においてであり、それ故、他の芸術よりも崇高だといえます……「その人そのもの」すなわち「魂」が表に出てこなければなりません。ですから、わたしはつねづね息子に言いきかせています。日々の生活では、道徳心を持ち、素直になり、自分に嘘をつかないことが大事だと。そうでなければ、すぐれた能楽師にはなれません」[12]。

芸を磨くだけでなく、人として行いを正すことの大切さを伝えるために実が念頭に置いたのは、おそらく『風姿花伝』冒頭の世阿弥による戒めでしょう。そこには、「穏やかな気性を保ち、飲酒、好色、博打には手を出さず、能だけに専念する。愚鈍になることなく、伝統を大切にするべきだ」ということが書かれています。ライバルとの競争の世界に身を置くことや、完璧な芸を求められることから生じるとてつもないストレスにさらされても、威厳を保ち、道徳観を歪めない人物をわたしは心から尊敬します。結局は、世阿弥も強調したように、芸に一心に打ち込むことが、「修養」(魂の深化)につながるのでしょう。

舞台上に見えているものと見えないもの

能では、型附(振付)と寸分たがわずに演じることが前提とされ、その達成の先に「何か」があるとされています。無駄のない所作のひとつひとつが見る者の心に訴え、魅了できれば理想です。そのため、いかなる過ちも許されません。舞にせよ謡にせよ、完璧さが求められます。「身体、発声、精神的技術」を最高レベルにまで磨き、世阿弥の言うところの「花」を体現するために、能楽師は日々修業に励まなければなりません。⒀ 世阿弥の能楽論においてひときわ重要な観念である「花」とは、能楽師が放つオーラのようなもので、そこから研ぎ澄まされた芸が見る者に伝わります(14)(ところで、このオーラについて猶彦は、人間が随意的に行う体温の変化が空気を介して見る者に伝わるのではないかと考えています)。さらに、見る者の心の状態や見る位置によっても、たとえ同じ演目の同じ演技であっても、受け止め方はちがってくるのです。

能楽師は所作だけでなく、自分の声を楽器のように響かせる謡によって、演目の伝える情感を表現しなければなりません。江戸時代に「妙音太夫」と称されることのあった梅若家は、当時から独特の発声を極めていたそうです。観世流に再合流後も古典的手法を重んじながら独自性を維持、さらに模索しているように感じられます。猶彦の謡にもそれが反映されているようです。猶彦の声はよく褒められるので、わたしは彼がデモンストレーションを行う際に、謡を披露するよう提案しています。そうすれば、参加者にも能の謡の多様な声調がどんなものか理解できますし、声の調子が変化する様子を自分の耳で確かめられます。横隔膜から出る猶彦の声には深みがあります。多様な音程や調子で運ばれる謡からはさまざまな情感が伝わってきます。

わたしは地謡にも感銘を受けています。地謡とは、八名(ときに六名)で構成されるコーラスグループのことです。囃子方やシテ方とずれていないか地頭《じがしら》がつねに気をつけ、リードするなかで、途切れることなく節を斉唱するには相当の体力が必要です。また、場面や登場人物、物語の展開を説明するのも地謡の役割です。謡とは物語を観客に解説するものなのです。

さらに、奏楽を担当する囃子方にも、わたしは同じぐらい魅力を感じています。彼らが道具を演奏し、掛け声を発することで、場面が盛り上がります。小鼓、大皮、太鼓の掛け声、拍子、そして激しく奏でられる笛——最初、わたしはこのような音の組み合わせのどこがいいのか、さっぱり理解できませんでした。ですが、時がたつにつれ、真実がわかりはじめました。掛け声も囃子方のエネルギーの表徴であり、他の能楽師とのあいだの意思疎通を助ける合理性もあるのです。猶彦は、囃子方の拍子に自分の所作をしっかり合わせられるように、鼓の稽古も受けました。演目がクライマックスにさしかかると、囃子の調子が変化して、シテの所作と地謡による謡とぴったり重なり、とてつもない量のエネルギーが放出されます。

囃子方の後ろ、舞台の左隅には上演中ずっと二人(三人のことも)の人物が控えているのですが、この人たちが何者なのか、最初わたしはいぶかしく思っていました。彼らはほとんど何もしていないように見えたのです。その人たちは「後見《こうけん》」と呼ばれていて、シテの代役を務めるのだと、猶彦が説明してくれました。どんなことがあっても能に中断は許されません。そこで、もし能楽師に何かあれば、後見が代役を務め、最後まで上演します。

能楽師は二〇〇曲もの古典的演目をまるで「辞書のように」覚えなければならず、未熟な自分は勉強が欠かせないと猶彦はよく言っています。いっぽうで、わたしが彼に他の人の舞台について尋ねると、表現者は他の表現者をよくいわない、の典型で、「あの人はよく間違える」だとか、「左足ではなく、右足からはじめた」だとか、「地謡が音を飛ばした」など他人を批判せずにはいられません。これは能楽師が切磋琢磨するためにも必要な、内輪で交換する時効無しの他人の間違え情報の報《しら》せでしょうが、簡単にいうと悪口ですね。この容赦のない批判は自分自身にも向けられます。彼はつねに誰かに見張られているように感じているのです。だからこそ、詞章を暗記するのに膨大な時間を費やし、完璧に演じることができると、その達成にいたく満足します。観客にとっては、左足でなく、右足からはじめるのはささいなことなのかもしれません。ですが、能楽師にとって、それは許されない過ちです。そのような不手際は厳しい批判にさらされます。

完璧であることが当然視される、容赦のないプレッシャーの他にも、能楽師には従わなければならない数々の能の世界の義務と、定められたしきたりがあります。しかも、そのどちらも完璧にこなさなければなりません。上下関係に基づいた、そのような義務やしきたりが、周囲の能楽師とのかかわり方を左右するのです。

能の稽古はたいてい三歳ごろからはじまり、能役者は体力が続く限り演じ続けます。能の世界に「引退」という概念はないのです。シテ(主役)、ワキ(脇役)など、それぞれに何代も続く家があります。ワキ方の家に生まれた者が演じるのは、通常ワキのみです。

わたしは能の世界にはびこる縁故主義にも疑問を感じたり、息苦しさを覚えたりすることがあります。能楽も本人の才能より重視される要素があります(例えば、老女ものなど秘曲を演じられるのは一部の能楽師に限られるなどの不平等があるようです)。わたしは「どの能楽師の舞台を観たらいいでしょうか?」と聞かれると、知名度だけで選ぶのではなく、心から演じていて、舞台上で存在感を放つ能楽師を見つけるようアドバイスしています。同じように修業を重ねてきた同門の能楽師でさえ、華々しく活躍する人とそうでない人がいます。

これはわたしの個人的な考えなのですが、演技の出来不出来には、先ほど述べた、完璧に演じ切ることの他にも、その演技に情熱が感じられるかそうでないかも関係しています。そして、肝心な情熱を表現するためには、完璧に演じるだけでは不十分で、逆説的ですが、情熱によって型からはみ出てしまう微細なミスが必要になるのかもしれません。

そのような「情熱」にかかわるエピソードをご紹介しましょう。以前、NHKから猶彦に、『驚異の小宇宙　人体』という番組への出演依頼がありました。『道成寺』稽古中の猶彦の心拍数を測るために、胸に心拍計がつけられました。彼の通常の心拍数は一分間に六〇から七〇ですが、演技が最高潮に達したとき、ほとんど動いていないにもかかわらず、彼の心拍数は一分間に二四〇に達しました。これは、全速力で疾走するときの心拍数を上回るものです。この実験結果から、能楽師に求められる精神集中の強度が証明されました。さらに、いかに知覚が人をだますのかということも。能楽師の表面上の穏やかさは、内面で荒れ狂う激しさを覆い隠してしまうのです[15]。

舞台上に見えているものと、目に見えないもの、能楽師の外見と内面で起こっていることのギャップから能の魔法は生まれます。このギャップとは、例えば型を完璧にこなそうとする意識と、それとは裏腹に情熱によって発生する細かいミスとのあいだの隔たりのことです。NHKの映像は乱拍子を収録したものでしたが、そこには多くの情熱的ミスがあったことでしょう。能の研究者、ポー・シム・プロウライト教授の言葉にも能においてギャップから生じるものの不可思議さがよく表れています。「目に見えないもので満ちあふれた芸術である能が、かくも壮麗に見えるのはとても不思議なことだ[16]」。

第3章
梅若家の子育て

1983年，赤ん坊のソラヤと

1　能楽師の子どもたち

子どもを授かる

結婚して二か月で妊娠が判明したとき、わたしは複雑な気持ちになりました。猶彦との新婚生活ははじまったばかりでした。これほど早く子どもを授かるとは思っていなかったのです。大阪大学大学院を中退したわたしはそのころ東京大学大学院の情報科学専攻に研究生として籍を置き、コンピュータ・サイエンスの研究を続けていました。そのため、母親になる心の準備ができていませんでした。猶彦はわたしの妊娠をよろこび、父親になるのを楽しみにしていましたが、わたしは手放しではよろこべませんでした。それでも、彼と一緒に子育てができるので、心強く思いました。

しばらくのあいだつわりに苦しみましたが、それ以降の妊娠の経過は順調でした。妊娠七か月目に入り、ようやくお腹が目立ってきました。妊娠の全期間を通しても、体重は七キロしか増えませんでした。産婦人科の健診では毎回「順調です」と言われるのですが、さらにこちらから質問をしようとすると、医師は迷惑そうにしました。この先妊娠がどのように進むのか理解するためには妊娠について書かれた本を読むしかありませんでした。猶彦はとても協力的でした。分娩中に意識的に身体の力を抜き、呼吸を整えるラマーズ法の講座には、夫婦そろって出席しました。

わたしは硬膜外麻酔なしでの出産を希望しました。麻酔が赤ちゃんに影響するかもしれないと思ったからです。陣痛がはじまると、一六時間も苦しむことになりました。猶彦と一緒にラマーズ法の呼吸を試しましたが、痛みはたいして和らぎませんでした。それなのに、生まれ落ちた赤ちゃんを腕に抱き、彼女が力強い産声を上げるのを聞いた瞬間に、痛かったことはすっかり忘れてしまいました。それ以来、彼女のことを「わたしのライオン姫(my lioness)」と呼んでいます。わたしたち夫婦は愛らしいソラヤにすっかり心奪われました。わたしの母、姉のマリーローズ、妹のポリーヌも彼女のかわいらしさに魅了されました。ソラヤの顔立ちには、わたしと猶彦の特徴が美しく混ざり合っていると母たちから言われました。義母のロザもソラヤの誕生をよろこびました。彼女は二度の結婚で男の子を六人産んでいるのですが、夫とともに、女の子をずっと望んでいたのです。

命名

子どもの名づけについては、事前に猶彦と話し合っていました。男の子なら日本の名前を、女の子ならレバノンの名前をつけると取り決めてあったのです。わたしの家族が、梅若の苗字に合う響きのよい名前をいくつか提案してくれました。最終的に、猶彦とわたしは妹のポリーヌが提案した名前をつけることにしました。それが、アラビア語で「星座」を意味する「ソラヤ」です。猶彦はこの名前に漢字を当てることもできましたが、外国にルーツを持つことを尊重して、あえてカタカナの名前にしました。

ソラヤはとても活発な子どもでした。生後二日目にうつぶせに寝かせると、頭をぐっと上げようとしました。そして、生後三か月になるころには、膝に乗せると立ち上がろうとしました。わたしはこの元気いっぱいの、小さなお人形のような赤ん坊に夢中になりました。このときすでに、彼女が将来おもしろい子になるだろうと予想できました。ソラヤはせわしなく動き回ったので、わたしたち夫婦は大変な思いをしました。生後六か月で彼女がハイハイしだすと、四六時中彼女のあとを追わなければならず、一一か月で彼女が歩きだすと、輪をかけて大変になりました。彼女は意志が強く、幼いころから自分の望みは何かよくわかっていました。かわいらしいドレスを着せてもいやがって、ズボンのような動きやすい服を着たがりました。彼女はしょっちゅう動き回ったり、いろいろなものによじ登ったりしていたからです。他の女の子たちのように、お人形遊びには興味を示しませんでした。そのかわり、近所の子と一緒にお絵かきをしたり、パズルをしたりして遊びました。負けず嫌いな性格で、まだよちよち歩きなのに、「知ってるもん！」が口癖でした。わたしは元気いっぱいの彼女を誇らしく思いましたが、彼女の強情さとあり余るエネルギーに圧倒されそうになることもありました。

ソラヤが生まれて三年後に息子が生まれ、家族はふたたびよろこびに包まれました。彼の分娩にも時間がかかり、難しい局面もありました。胎児の首にへその緒が巻きついていることがわかり、産科医が即座に処置を行わなければならなかったのです。生まれた赤ちゃんの性別を尋ねても誰にも答えてもらえず、わたしはパニックに陥りました。さいわい、医師が首からへその緒を外し、マッサージを施してくれたおかげで、息子は一命をとりとめました。長くかかったお産と予期せぬ出来事を経験して、わたしは感情の洪水に襲われましたが、赤ちゃんが無事だとわかり、心底ほっとしました。生まれた赤ちゃんは整った顔立ちをして、とてもかわいらしく、愛らしいまなざしで見つめるので、わたしは一目で恋に落ちました。穏やかで、チャーミングな小さな男の子の誕生を家族全員がよろこびました。ソラヤは弟ができて大よろこびでした。ありがたいことに、赤ちゃんに嫉妬することはまったくありませんでした。

息子の名づけにあたっては、猶彦は能楽師の伝統にのっとり、父親である自分の名前の漢字を一字使うことにこだわりました。そうすれば、どこの家系の者か表すことができます。彼が候補に挙げた名前のなかには、アラビア語だとおかしな意味になってしまうものもありました。結局、わたしたちは「猶巴」という名前を選びました。猶彦とその父親の猶義とのつながりを示す名前です。息子の誕生後二週間近くもかかってようやく名前が決まりました。提出期限ぎりぎりで、何とか届け出ることができました。

わが家では猶巴は略称で「トモ」と呼ばれています。穏やかな性格のトモは、ソラヤよりも手がかからない子どもでした。まだ赤ちゃんなのにとてもがまん強くて、わたしが目を覚ますと、トモがベビーベッドのなかで立ちあがり、静かに待っていたことが何度かありました。でも、彼は幼いうちからいたずら好きでした。茶目っ気があって、家族を笑わせるにはどうしたらいいか、いつも考えていて、よくソラヤにちょっかいを出していました(ソラヤはトモのいたずらの共犯者でした)。そんなトモですが、疝痛《せんつう》(腹部の激しい痛み)に襲われ、まだ幼い子どもなのに痛みで泣き叫ぶようになりました。あちこちの医者に連れて行きましたが、トモがとても過敏な子だということ以外に、誰にも痛みの原因は突きとめられませんでした。わたしはトモの過敏さはわたしの父親ゆずりではないかと思いました。成長するにつれて、症状が出なくなることを祈るばかりでした。

トモとソラヤの健康に問題があると、わたしはレバノンにいる母に電話をしてアドバイスを求めました。ありがたいことに、わたしがソラヤとトモを出産するとき、母は出産一か月前から来日して、三か月間滞在してくれました。母はおいしくて栄養満点のレバノン料理をつくってくれたので、とても助かりました。わたしは授乳のために夜中に何度も起きなければならなかったからです。わたしたち家族は母の存在にとても助けられました。というのも、周囲に友達や家族がほとんどいないので、わたしはさみしい思いをしていたからです。レバノンでは都市部でさえ、家族や友人、近所の人と密接にかかわりあって暮らすのが当たり前で、困ったときは助けてもらえます。生活のなかで人をもてなすことが重視されるので、他人がいきなり家にやって来て、トルコ式コーヒーで一服していくこともめずらしくありません。忙しい人には迷惑がられるでしょうが、その反面、たがいに助け合って暮らす共同体の一員だという気持ちが強まります。近所の人同士でさえあまり挨拶をしない東京のような都会に暮らしていると、わたしはそんなレバノンでの暮らしが無性に恋しくなります。とはいえ、東京にはレバノン出身の親友、ザヒアとジョセフィーンがいました。ふたりはわたしと家族同然に接してくれて、子育てを手伝ってくれました。パリ在住の妹のポリーヌも、日本に来ると子どもたちと一緒に過ごしてくれて、わたしを助けてくれました。彼女は自分が情熱を傾ける写真について子どもたちに教え、日本各地への撮影旅行に一緒に連れていってくれたのです。

それに、猶彦は素晴らしい父親です。幼い子どもたちをお風呂に入れ、食事を食べさせる役割を引き受けてくれました。彼は決められた時間通りに食事をとることを重視していました。猶彦と母親のロザは、昼食や夕食はいつも定刻に食べていたのです。わたしはといえば、食事の時間についてはそれほどこだわりませんでしたが、子どもたちが食事を残さず食べるよう厳しい態度を取りました。わたしが料理するレバノン料理、フランス料理、イタリア料理、和食などのバラエティに富んだ健康的な食事に感謝することを覚えてほしかったのです。子どもたちは、好き嫌いせずに出された料理は残さず食べることが当たり前になったので、のちに友達の家に招かれるようになったとき、そのことが役立ちました。

猶彦は、子どもたちをお風呂に入れたり、食事を食べさせたりする以外にも、ふたりが日の光を浴びて遊べるようにと、わたしたちが住んでいた建物の屋上によく連れ出してくれました。彼はそのついでに、自らの能の修業のなかでもとくに大切にしている、立ったままでの瞑想を行っていました。また、オウム、プレーリードッグ、リスなどのかわったペットを子どもたちにプレゼントすることもありました。あるとき、その動く様子に興味を引かれたからと、ヘビを持ち帰ったことがありました。わたしはすぐさまペットショップに返品してくるよう訴えました。ヘビの餌には子ネズミを茹でたものを与えるということでしたが、わたしはそんな役目をおおせつかるのはごめんだったのです。猶彦はとにかくよく子どもたちと遊びました。子どもたちが少し大きくなると、積み木やトランプ、パズルなどで遊びました。戦争ごっこに興じることもありました。

能の稽古

それでも、もしかしたら猶彦は二重人格ではないかと疑ってしまう場面もありました。子どもたちに能の稽古をつける様子を見ていると、とくにそう思えるのです。ソラヤは父親の厳しい指導にも、めげたりしませんでした。少なくともトモのように苦痛を感じていませんでした。トモは能のお稽古をすると、よくお腹が痛くなっていました。そんなトモの様子を見て、わたしは不安に駆られました。猶彦は子どもたちに稽古をつける際、正座で座らせて、稽古の最後にはおじぎをさせていましたが、わたしはその光景にショックを受けました。そこまでの上下関係や厳しさが求められるとは、想像していなかったのです。稽古場では猶彦は父親ではなく、師匠そのものでした。とはいえ、ある意味、彼はただ自分の父親にやらされたことを繰り返し

1986年，国立能楽堂で初舞台を踏む3歳のソラヤ

ているにすぎなかったのですが。

ところが、猶彦は自分のときよりも厳しい稽古を子どもたちに課しました。娘と息子には将来才能ある能楽師として活躍してほしいと願ってのことです。とくに、ふたりは国際結婚で生まれた子どもたちです。言い換えると、「純粋な」日本人ではありません。彼らの演技がいずれ厳しい目にさらされるだろうということが、猶彦にはわかっていたのです。

梅若家の伝統で、子どもは三歳になると「仕舞」を披露します。国立能楽堂の楽屋で猶彦が子どもたちに支度をさせているあいだ、わたしは特別なお客様をお迎えして、ご挨拶をする役目をこなさなければなりませんでした。舞台がはじまる直前、客席はしんと静まり返りました。でも、ソラヤが舞台上に姿を現すと、観客の表情がほころぶのがわかりました。わたしは息を押し殺して見守りました。舞台上でクルクル回り、扇子を動かすソラヤは、寸分たがわず振付通りに舞っていたので、びっくりしました。トモは初舞台のとき、それはかわいらしく見えました。彼は舞に没頭していて、周囲のことなどまったく気にしていない様子でした。なめらかに足を動かす彼は、まるで水面を泳ぐアヒルの子どものようでした。ふたりとも、わたしにはとても誇らしく思えました。でもいっぽうで、息ができなくなるぐらい心配もしました。大人ですら、一挙手一投足に観客の視線が注がれるなかでの演技に恐怖を覚えることがありますす。まぶしいスポットライトを浴びて、仕舞に合わせて謡《うたい》の吟唱がおごそかに響くなかで、三歳児がどんなに怖い思いをするか、わたしには想像もできませんでした。観客は、小さな人形のような子どもが舞台に現れるたびに、息をのんでいました。終演後、子どもたちがお客様から美しい花束を渡され、多くの讃辞を受け取っている様子はとても感動的でした。

1990 年，国立能楽堂で初舞台を踏む 3 歳のトモ

トモは父親による厳しい稽古が苦痛でなりませんでしたが、公演終了後にプレゼントをたくさんもらうと、苦しい気持ちをケロッと忘れてしまったようでした。驚いたことに、ソラヤは厳しい稽古をものともせず、いつも自信に満ちあふれていました。女の子が舞台で能を舞うことが、奇

異に思われることもあるという事実に、このとき彼女はまだ気づいていなかったのかもしれません。女性でもプロの能楽師になれると知ると、日本人はたいてい驚きます。能は男性だけがするものだという思い込みがあるのです。その点、梅若家は進んでいます。というのも、猶彦は自分の父親の弟子にプロの女性能楽師がいたことを覚えています。確かに、能の世界で活躍する女性は限られていますが、そんな数少ない女性能楽師のひとりが、猶彦のおば、杉山米子なのです。

2　異文化のなかでの教育

日本語の習得

子どもを育てるにあたり、わたしも猶彦も、子どもたちには与えられるかぎり最高の教育を受けさせたいと思いました。それは、教室内での教育にとどまりません。わたしにとって、すぐれた教育が目指すべきは、自立していてたくましい、批判精神を持った子どもの育成です。善悪の判断ができて、誠実で、嘘をつかず、自信がある子どもに育てるのが理想です。それと同じぐらい重要なのが、他者に対して共感や尊敬の念を抱き、思いやりがあって、優しい人間になることです。音楽や芸術の感性を磨くことも大切です。そんなわけで、わたしは子どもたちには学ぶことに興味を持ち、自分の強みや好きなものを見つけ、才能を存分に開花させてほしいと願いました。

ソラヤもそろそろ就園を考える年齢に達したころ、猶彦とわたしは、彼女にとって一番いいのは、日本の教育システムなのか、それともインターナショナルスクールなのか、あれこれ頭を悩ませました。猶彦は教育にかんしては楽観的だったので、わたしの判断を尊重してくれました。わが家では家族同士はほとんど英語で会話をしていました。それで、わたしはソラヤに日本語を習得してもらうために、日本の学校に入れたいと思いました。そのために夫婦で選んだのが、若葉会幼稚園です。伝統的な一族の子弟が多く通う、ある意味で心配のない、エスカレーター式の学習院初等科に入る準備をするには、この私立の幼稚園が最適だと考えたのです。猶彦の高校入学の時代とは事情もちがいました。やがてソラヤの入園が認められ、わたしたちはよろこびました。若葉会幼稚園の当時の園長、三井富美子先生は家族ぐるみで能のファンで、義父の梅若猶義を贔屓にしていたそうです。ソラヤが国立能楽堂で仕舞を披露したときは、三井先生とソラヤの同級生の園児が観客として来てくれて、ソラヤの仕舞を見てくれました。

当時、わたしたちは東京郊外の田園調布の借家に住んでいたので、幼稚園の送迎は骨が折れました。わたしはラッシュアワーのさなか、毎朝車で四〇分かけてソラヤを幼稚園まで送り、公演があるときは、幼稚園が終わるとリハーサルに送り届けました。夕方になると、わたしたち夫婦は大使館で催される社交の会によく出席していました。今も昔も、そのような会はわたしにとって、能の鑑賞に興味を示し、能の公演に招待できる人と出会える貴重な場です。そのため、わたしは毎晩のように個人宛ての招待状を手書きで作成していました。作業は深夜にまで及ぶことも多かったので、朝のお弁当は寝ぼけながらつくっていました。料理のレッスンも受けましたが、お弁当づくりは苦手でした。日本の母親がするように、手間暇かけて「かわいい」弁当にはしなかったので、ソラヤのお弁当はさぞ見栄えがしなかったでしょう。ですが、わたしは毎回のお弁当が健康的でおいしいものになるよう心がけました。ありがたいことに、ソラヤはわたしのつくるお弁当を気に入ってくれました。

明るく、勝ち気な性格のソラヤは、若葉会幼稚園では異質な存在でした。女の子たちはみな、念入りに着飾って登園していましたが、それはソラヤの趣味に合いませんでした。ソラヤはスカートよりもズボンを好みましたが、幼稚園では女の子はスカートをはくのが望ましいとされていたので、息苦しさを感じていました。さらに、あれやこれやこと細かに指示されることにも、うんざりしていました。その園では、お行儀のよいマナーと、日本の格式ばった礼儀作法が教えられるだけでなく、女の子はかくあるべきという、固定化された女の子像が理想とされていました。例えば、女の子は丁寧な話し方をしなければなりませんでしたが、その話し方はまるで用意された台本を読んでいるかのようでした。園長先生や先生方は素晴らしい人たちだったのですが、そういうやり方は子どもから個性を奪い、個人としての成長を妨げかねないとわたしは思いました。ソラヤには、気兼ねなく、ありのままの自分でいてほしかったのです。彼女はすでに能のお稽古で厳しさを体験していたので、なおさらです。

若葉会幼稚園では一年半お世話になり、その後わたしたちはソラヤを西町インターナショナルスクールに転園させることにしました。こちらのほうがソラヤに合っていると考えたのです。新しい園に通いはじめたソラヤは、周囲と同じように振る舞わなくてもよくなり、生き生きとするようになりました。周りのみんなとちがっていても、とがめられないということに気づいたのでしょう。その園では、多様な考えや性格が尊重されていました。転園後、もといた園では抑えられていた活発さがソラヤに戻り、以前よりも自由に楽しんでいる様子を見て、わたしたちは胸をなで下ろしました。前よりも登園したがるようになり、友達もたくさんできました。先生方は、ソラヤの活発な性格を受け入れ、英語力を伸ばすためにも、外国にルーツを持つ子と仲良くなるよう励ましました。そして、ソラヤはそのアドバイスに従ったのです。

ソラヤがインターナショナルスクールにいるあいだに、わたしはトモをその近くの保育園に預けようとしました。ですが、姉とはちがい、トモは母親と離れて過ごす準備ができていませんでした。わたしが彼を預けて行こうとすると、彼は決まってわたしにすがり、泣き出すのでした。トモがなぜそれほどまでに分離不安を感じるのか、わたしはわけがわからず、心配になりました。彼のために、日本の保育園やインターナショナル系のプレスクールなど、五つの園を試したほどです。わたしの選んだ園はトモには合っていないのではないかと、しょっちゅう思い悩んでいました。ありがたいことに、わたしのフランス人の友人、アレクサンドラに、トモと同じ年ごろのヴァランティーヌという娘さんがいました。ヴァランティーヌとトモは仲がよく、トモは穏やかな性格の男の子だったので、アレクサンドラは放課後にトモとヴァランティーヌを一緒に遊ばせてくれたのです。そんなこともあって、やがてトモは六本木にあるルーテル教会のインターナショナルプレスクールに通うのをそれほどいやがらなくなりました。

ソラヤがインターナショナルスクールから帰ってきて、近所のマモル君も一緒に遊ぶのを、トモは心待ちにしていました。愛情深いソラヤはトモのお世話を手伝ってくれました。ふたりは大の仲良しです。弟のトモは、わたしたち夫婦が彼女に贈った一番のプレゼントなのだと、ソラヤはいつも言っていました。成長しても仲良くしているふたりの姿を見ると、わたしは満ち足りた気持ちになります。

イギリスでの学園生活

わたしたち一家がロンドンに引っ越したとき、ソラヤは七歳、トモは四歳でした。その経緯についてはあとで記しますが、ともかく家族全員がこの冒険に心躍らせていました。それぞれの人生の新たな章が幕を開けたのです。コスモポリタンな雰囲気で、喧騒にあふれ、緑も多いロンドンでの新生活を一家で楽しみ、この街が大好きになりました。子どもたちは、レバノン・スコットランド系の同じ年ごろのいとこ、フィオナとエドワードと会えたので、よろこんでいました。兄のジョルジュとその妻のジャネットがわたしたちの新生活を助けてくれました。ジャネットのおかげで、ソラヤは素晴らしい女子校に入学することができました。チェルシー地区のサウスケンジントンにある、ファルクナー・ハウス・ガールズ・スクールです。

ファルクナー・ハウス校はその名が表すように学校というよりも家庭に近い、くつろいだ雰囲気の学校でした。ソラヤのクラスは生徒が一三人だけだったので、教師はひとりひとりの子どもに目が行き届き、子ども同士も仲良くなれる環境でした。登校初日にソラヤは思いがけずクラスメートから温かな歓迎を受けて、とてもよろこんでいました。わたしが学校へ迎えに行

兄のジョルジュとその妻のジャネットが自宅で催したクリスマスパーティー．母も駆けつけ，子どもたちにとっていとこのフィオナとエドワードも一緒

くと、元気いっぱいのクラスメートがソラヤの周りで飛び跳ねていて、ソラヤを自分の家のお茶の時間に招待してもいいかと聞かれました。

学校は最初の一学期間、ソラヤが毎朝個人指導を受けられるようにして、英語に慣れるのを助けてくれました。驚いたことに、だからといって追加の授業料は一切請求されませんでした。そのような丁寧な対応のおかげで、ソラヤはみるみるうちに進歩を遂げました。あるとき、ファルクナー・ハウス校の教師に言われたのですが、先生たちもまたソラヤの「いつも変わらぬ笑顔と、課題がどんなに困難なものでもあきらめない心」に刺激を受けているということでした。

この学校の、子どもたちの頑張りを褒める方針も非常に効果的でした。学業面や生活態度で進歩を見せた生徒に対して、教師は毎週のようにシールや賞、トロフィーを与えて励ましていました。ソラヤが家に持ち帰った、先生から返却された課題には、「素晴らしい！」などの褒め言葉が添えられていて、動物のシールがたくさん貼ってありました。

自分の頑張りと忍耐にそれ相応の称賛が与えられると、子どもは能力を発揮しやすいということが研究により明らかになっています。自分は受け入れられ、励まされていると感じることで、ソラヤはファルクナー・ハウス校にすんなり馴染むことができました。そして、生き生きと学校生活を送ることができたのです。わたしはある保護者に、「どうしたらソラヤのようなクラスの人気者になれるの？」と聞かれました。先生や友人に受け入れられた安心感から、ソラヤは明るく振る舞うことができたのですが、それに加え、彼女の人懐っこい性格と、謙虚さや相手への思いやりなどの日本的な気質のおかげで、クラスメートと仲良くなれたのではないかと思います。

ロンドンのファルクナー・ハウス校の夏の制服姿のソラヤ

いっぽう、トモはヒル・ハウス・スクールに入学しました。ロンドンのケンジントン・アンド・チェルシー地区にある、私立のインターナショナルスクールで、「子どもの心は満たすべき器ではない。燃え上がらせるべき炎だ」を校訓に掲げています。この学校の子どもたちが博物館や運動場に歩いて出かける姿をよく見かけたものです。黄色のセーターに、ニッカーボッカーズの膝丈ズボン、毛糸の帽子という制服が目立つので、遠くからでもすぐにわかりました。

トモはしばらくのあいだこの学校に通いましたが、わたしは彼の英語力を伸ばすために、イートン・ハウス・ベルグレイヴィア校に転校させることにしました。ヒル・ハウス校では、勉強は各自のペースに任されていたからです。[※] トモは転校で環境が変わってもあまり気にしませんでした。英語以外の科目はうまくこなしていたからです。彼はスポーツ、なかでも水泳が大好きでした。感情知能を活かして、共感しながら周囲と人間関係を築いていきました。社交的なので友達がたくさんでき、彼らの家でのパーティーやお泊まり会に招かれるようになりました。さらに、イートン・ハウス校では実用的な新しい趣味、チェスとの出会いもありました。トモはチェスで年上の子どもや先生を負かすまでになり、同級生に一目置かれる存在になりました。それでチェスが大好きになって、自信もついたのです。さらに、彼の描いた絵が他校の生徒の作品も参加するコンクールで賞をとるなど、芸術的才能も発揮しました。

※イギリスの私立学校への入学はなかなか認められません。イートン・ハウス校には学期途中でようやく編入することができました。

ソラヤの学校もトモの学校も同じ時間に終わるので、わたしは慌ただしくふたりを迎えに行かなくてはなりませんでした。さらに、子どもたちの放課後の予定管理もわたしの仕事でした。お友達の家に招待されたときは、そこまでの移動の面倒も見なければなりません。イギリス人のお母さんが、ソラヤかトモを放課後に家で預かってくれることもありました。わたしはあとで子どもを迎えに行き、自分ができるときは、今度はその家の子どもを預かってお返しをしました。

イートン・ハウス校のカウボーイパーティーで親友のジェイクと一緒に楽しそうに踊るトモ

イギリス人の父親が子どもの活動にかかわる様子は、わたしと猶彦の目には新鮮に映りました。父親たちは、バレエのレッスンや音楽会など、さまざまな学校のイベントに妻とともに顔を出していました。そういう父親の態度が、子どもに安心感を与え、家族の一体感をつくりだすのではないかと思いました。それなのに、猶彦は朝の集会の時間帯に行われることが多い学校の行事にはあまり積極的に参加しませんでした。当時、日本の父親がそのような行事を見に行くのは考えられないことだったのです。日本の労働環境では仕事と私生活の柔軟性

イートン・ハウス校の制服で撮ったクラスメート全員の集合写真．15 人と少人数教育がなされていることがわかる

がそこまで認められていませんでした。

とはいえ、猶彦は学校のスポーツ大会には一緒に来てくれましたし、子どもたちの誕生日パーティーの準備も手伝ってくれました。日本に帰国する直前の、ソラヤがロンドンで迎える最後の誕生日には、それまで親切にしてもらったことへの感謝の気持ちを表すために、特別なパーティーを開催したいと考えました。そしてなんと、サウスケンジントンにあるロンドン科学博物館でお泊まりパーティーを開催できるということがわかり、とてもわくわくしました。科学的な趣向を凝らした盛大なパーティーができるのです。その晩、子どもたちはひと晩じゅう、楽しくておもしろい科学実験に参加しました。寝る時間になると、博物館の展示のすぐ隣に寝袋を並べて眠りました。結局、その晩わたしと猶彦は一睡もできませんでした。女の子たちが夜通しおしゃべりに興じていたからです。ですが、楽しいひとときを過ごし、忘れられない一夜になりました。

東京からも能からも離れて

ソラヤもトモも、東京で通った学校とくらべて、ロンドンの学校では生き生きとしていました。イギリスの学校でも学業成績は重視されますが、それだけがすべてではありません。観劇や博物館見学などに出かける機会が多く、バレエ、音楽、陸上競技などの科目もあります。それらの活動すべてに重きが置かれ、カリキュラムがバランスのとれたものになっているのです。

わたしの知るかぎりでは、ロンドンの子どもは東京の子どものように学習塾には通ったりしません。クラス規模も小さいので、先生の目がひとりひとりに行き届きます。そして、必要があれば、学校や家庭で個人指導の先生に教えてもらえます。そのため、ソラヤとトモは、よく友達の家にお邪魔して一緒に勉強していました。勉強が終わると、映画やミュージカル、水泳などのお楽しみの時間です。週末になると、田舎に家がある友達のところに行って、キャンプやたき火をしました。ロンドンでも田舎でも、そうやって楽しい時間を過ごすうちに友達との仲が深まり、心身ともにリフレッシュして、また一週間勉強に取り組むことができました。

子どもたちが学校に行っているあいだ、わたしは自分の時間を持つことができました。それまでなかなかそんな時間は取れませんでした。自分のスキルアップのために、ロンドン在住の地の利を活かしておおいに楽しんだのが、オークションで有名なクリスティーズの現代美術の集中講座でした。講師陣には博識な先生がそろっていて、実際にさまざまな展示を見ながら美術の論じ方を学ぶ、実践的な講座でした。少し例を挙げるだけでも、ルネ・マグリット、デイヴィッド・ホックニー、ジャクソン・ポロック、アンディ・ウォーホルなどの作品に魅了されました。さらに、カラーコーディネートにも興味があったので、チェルシー・カレッジ・オブ・アーツでインテリアデザインの短期講座を取りました。広報活動の講座にも参加しました。能の公演や文化イベントを効果的に宣伝できるようになりたかったのです。とはいえ、正直なところ、この方面ではたいしたことは学べませんでした。わたしは自分で試行錯誤したり、直感に従ったりすることで学びを得るタイプなのです。

ロンドンで暮らしているあいだは、能の厳格なしきたりから離れ、しばらく羽を伸ばすことができました。すでにしきたりには慣れっこになっていましたが、能の名人と結婚した外国人の妻として求められるさまざまな義務から解き放たれて、一息つくことができました。日本の外にいると、あまりしきたりにこだわらなくてもいいので、ロンドンをはじめとするヨーロッパの都市でコラボレーション企画や能のレクチャー、ワークショップの手配をスムーズに行うことができました。能楽堂に足を運ぶことが難しい海外では、観客たちは猶彦と直接英語でやりとりして、話を聞きたがりました。

多様な文化的背景を持つ人を歓迎して受け入れる国際都市・ロンドンでの交友関係は開放的なものでした。イギリス人はもちろん、イギリスにたくさん移住しているレバノン人をはじめとする、イギリス人以外の人たちとも仲良くなることができました。一緒に博物館に行ったり、ミュージカルや演劇を鑑賞したりして、楽しいひとときを過ごしました。結局、四年間のロンドン暮らしで、ソラヤとトモには忘れがたい学校の思い出ができ、猶彦とわたしはとても充実した時間を過ごすことができたのです。

3　アイデンティティを探し求めて

日本への帰国

一九九四年に猶彦がロンドンで博士課程を修了するのに伴い、わたしたちは日本に帰ることになりました。帰国早々、国立能楽堂で行われた義父の梅若猶義の追善公演の準備に追われました。この公演にはソラヤとトモも出演しました。渡英前の人とのつながりを復活させて、追善公演を満席にするのに時間がかかりましたが、仕事に没頭することで、東京での生活にスムーズに戻ることができました。久々に帰国した日本では、いろいろなことが新鮮でした。お店やレストランでの接客は丁寧で、どこに行っても清潔で、何よりも安全です。数年ぶりに、子どもたちだけで登校させることができました。

ところが、子どもたちの学校のことでは随分悩みました。はじめは日本でも国際的な環境に身を置いたほうが順応しやすいと考え、ふたりをインターナショナルスクールに入れるつもりでいました。ですが、その後考え直したのです。当時、ソラヤとトモはあまり日本語ができませんでした。そんな状態では、日本人としてのアイデンティティ形成にもよくありませんし、言うまでもなく、将来日本で仕事をする際に不利になるのではないかと心配になったのです。ロンドンでは、日本語を教えてくれる補習授業校に毎週末通っていたものの、それだけではとても追いつきません。インターナショナルスクールに入れれば、流暢な日本語をしゃべれるレベルに達するのは難しいでしょう。その学校に日本語の授業があったとしてもです。それに、日本社会に溶け込むには、言葉の習得以外にも重要なことがあるということが、わたしにはよくわかっていました。この国の価値観を共有し、日本文化を自分の文化だとみなすことが何よりも大切になるのです。わたしは子どもたちにバイリンガルとしてだけでなく、二つの国の文化に慣れ親しんだ「バイカルチュラル」として育ってほしかったのです。それに、自分の経験から、アイデンティティの欠落がどれだけ残念なことか、身に染みてわかっていました。現在に至るまでわたしは自分の人生でアラビア語を大切にしてこなかったことを後悔しています。レバノンのキリスト教徒の多くは、自分はアラブ人ではないと思っているので、主にフランス語で会話をします。このため、アラビア語を習得しづらいのです。英語やアラビア語は、フランス語での会話に、ある特定の言葉を織り交ぜるときぐらいしか使われません。新しい環境に慣れるまでは大変でしょうが、長い目で見ればソラヤとトモをインターナショナルスクールではなく、日本の学校に入れたほうがいいという結論に達しました。

帰国子女のとまどい

日本では学校の新年度は四月にはじまるので、※入学先の選択肢が限られ、ソラヤとトモは、わが家から徒歩二分で通える地元の港区立麻布小学校に転入しました。ソラヤは六年生、トモは二年生でした。ソラヤはこの学校でも友達をつくる気満々でいましたが、彼女の楽観主義は現実に裏切られる結果となりました。登校初日、あるクラスメートに、「あなたは外国人の子たちと一緒に座って」と言われたのです。その子はソラヤを中国人、韓国人、ロシア人の子どものグループに入れたかったようです。自分の国に帰って来たというのに、そんな意地の悪い歓迎を受けたソラヤは戸惑い、心の狭いクラスメートの発言に傷つきました。まだ一〇歳や一一歳の子どもだというのに、そんなに排他的で、日本人の血を引くソラヤまで仲間外れにするなんて、わたしにとっても愕然とする出来事でした。

※一月に行われた、私立小学校の帰国生向け入学試験を受験するために日本に帰国できなかったので、ソラヤとトモは私立小学校には編入できなかったのです。

ソラヤには気にしないようにと言ってなぐさめ、意地悪なことを言う相手とは距離を置くようアドバイスしました。そんな子は無視するのが一番だと伝え、ソラヤはそのとおりにしました。わが子が学校での出来事を隠したり、自分で何とかしようとしたりしなかったので、わたしはほっとしました。そうでなければ、いじめには気づけなかったでしょう。わたしは家庭で食卓を囲みながら、子どもたちの話をよく聞くようにしています。子どもたちには、わたしがいつでもすぐそばにいると知らせ、何か困ったことがあれば遠慮なく打ち明けられる環境を整えておきたかったのです。ソラヤの件については、どうしたらいいかあれこれ考えたうえで、問題が大きくならないうちに手を打つべきだという結論に達しました。そして、ソラヤの学級担任の服部先生に連絡を取りました。東京の都心に暮らす一一歳の子どもがクラスメートを受け入れられないとしたら、将来、その子は異文化に不寛容な大人になるのではないかという懸念を伝えたのです。わたしの行動が裏目に出て、ソラヤがさらに孤立するおそれもあると覚悟していました。それでも、この問題は看過できませんでした。担任の先生はよくわかってくださり、その後、クラスで多様性の尊重についての授業を行いました。そのおかげで、ソラヤと周囲の子どもたちの関係は改善されました。もう名前をわざと呼ばれることはなくなり、外国人グループに行くよう言われることもなくなりました。そのうち、クラスに友達もできて、そこから大きく変わりました。心優しい友達のおかげで、毎日楽しく過ごせるようになったのです。

ソラヤは渡英するまで日本語をしゃべっていたとはいえ、帰国後に四年間分の漢字をまとめて勉強しなければなりませんでした。国語学習では服部先生が特別にソラヤのことを気にかけてくださいました。ソラヤは勉強面では何とかついていくことができました。そして、日本の学校では集団で協力することや、先生や目上の人の言うことを聞き、丁寧な態度で接することの大切さが教えられているということにも気づきました。ところが、彼女は毎朝、児童全員で運動場を行進して、国旗掲揚を眺めなければならないのは好きになれませんでした。自分が兵隊になった気がするのです。そのような儀式やルールにどんな意味があるのか、同級生に尋ねたところ、「そういうものだから」という答えが返ってきたそうです。残念なことに、時が経つにつれて、ソラヤからロンドン時代の輝きや熱意が失われていきました。ソラヤがすっかり変わってしまったのは、思春期のせいなのか、たくさんあるルールに従わないといけないせいなのか、それとも学校そのものが合っていないのか、わたしにはよくわかりませんでした。

「どうしてぼくのお父さんは日本人なの？」

トモもまた、日本に帰国してつらい気持ちを味わいました。彼はわたしに、「どうしてぼくのお父さんは日本人なの？」と訴えました。彼にしてみれば、東京は何もかもがロンドンとはちがっていました。お茶の時間も、誕生日パーティーも、田舎への招待もありません。あるとき、トモは学校で先生に、なぜ他の子とはちがったボールの遊び方をするのかと言われました。ありのままの自分を受け入れてもらえずにトモは戸惑いました。幼い彼は、他人の言葉を受け流せるレベルまで心が成熟していませんでした。そのため、なぜ自分の遊び方にまで口を出されないといけないのか理解できなかったのです。彼は自由になりたがっていました。

家庭内に複数の文化の考え方が共存して、礼儀作法や自分を表現する方法もひとつではない環境で育ったソラヤとトモにとっては、現状に疑問を持つのは当たり前のことでした。残念なことに、ルールでがんじがらめにされることへの反発心から、トモは日本語の勉強に身が入りませんでした。自分はイギリス人で、日本人じゃないと彼が言うのを聞いて、わたしはいたたまれない気持ちになりました。トモは八歳にして、自分のことをイギリス人だとみなし、故郷はロンドンだと思い込んでいたのです。ロンドンから東京に戻り、さぞや混乱したことでしょう。転入生が学校に慣れることができるよう手厚い支援があったロンドン時代とは異なり、東京の小学校に転入したトモは何の支援も受けられませんでした。クラスの子ども四〇名を受け持つトモの担任の先生には、彼に日本語を教える余裕などありませんでした。それどころか、その先生には、トモはそのうち自然に日本語を覚えるはずだと言われました。トモのような子どもには支援が必要なのであって、そんなことはまずありえないのに。

トモにはひとまず日本語の家庭教師をつけましたが、わたしは他にも支援を得られないかと情報を集め、西麻布にある港区立笄《こうがい》小学校で週に二回、午前中に特別な日本語の授業が行われていることを知りました。その小学校は帰国生の支援に取り組んでおり、日本語の補習授業を行っていたのです。そこで教えているボランティアの先生に、日本語学級を開設するために、役所とやり合わなければならなかったと教えてもらいました。この日本語学級には助けられましたが、それだけではまだ不十分でした。ところが、さいわいトモは社交的な性格なので、すぐに友達ができました。正式な招待のやりとりなしで、男の子も女の子もよくわが家に遊びに来ました。彼らはトモとごく自然に遊んでいました。元気にリビングルームを駆け回り、楽しそうにしていました。そうやって子どもたちがわが家に遊びに来るようになったおかげで助かったことが他にもありました。わたしはおのずとその子たちの親の多くと連絡を取るようになったのです。トモの友達のご両親が、学校に提出しなければならない、延々と続く書類作成作業を親切にも手伝ってくれるようになったので、とてもありがたく思いました。

子どもたちはつらい思いをしていましたが、日本の小学校でわたしが素晴らしいと思った点もあります。それは、温かくて健康的な給食を出す、日本の公立小学校の伝統です。おかげで、お昼どきには冷めているお弁当を用意する必要がありません。給食があるので、親たちは競ってわが子に最高のお弁当をつくらなくてもよくなります。子どもたちが自分たちで配膳を行い、後片付けをする様子を見て、わたしは感動しました。先生が子どもたちと一緒に教室で給食を食べるのも、とてもいいアイデアだと思いました。そうすることで、先生も子どもたちがいをよく知ることができます。

のちに映像制作者として活動するようになったトモは、母校の小学校の掃除の時間や給食の準備、配膳の様子を撮影しました。アルジャジーラのメディアプラットフォーム用に制作されたこの映像は、これを書いている時点で、フェイスブックだけで五四〇万回も再生されています。日本の学校が子どもたちに学校内で仕事を任せ、生活上のスキルを身につけさせていることに海外の人たちは感心しているのです。

バイカルチュラルの子どもたちの研究と学校探し

このように、日本の学校には、子どもたちに望ましい習慣の基礎づくりをするという素晴らしい特徴があります。それでも、わが子がふたりとも日本の学校でつらい思いをしているのを目の当たりにして、わたしは複数の文化のなかで育つ、バイカルチュラルの子どもたちの実態調査を思いたちました。自分の国でよそ者扱いされることが、ソラヤとトモの心身の健康にどんな影響を及ぼすのか、心配になったのです。日本では異文化出身の両親から生まれた子どもがどの程度社会に溶け込めるものなのか、理解を深めたいと思いました。幸運なことに、当時東京大学で教えていたスティーヴン・マーフィ重松先生にご指導いただけることになりました。先生はアメリカ人と日本人のご両親を持ち、ハーバード大学で博士号を取得した心理学者です。自分と同じバイカルチュラルの子どものアイデンティティ確立に関心をお持ちでした。

調査のために、わたしは日本人と日本人以外の親から生まれた高校生と大学生、二〇名以上にインタビューを行いました。インタビューを受けた若者の多くが、日本で生まれ育ち、ずっと暮らしているのにもかかわらず、自分は周囲から日本人だと思われていないと答えました。そのような否定的な声を聞くうちに、ソラヤとトモが今後経験するであろうことが見えてきました。そして、バイカルチュラルの子どもはなかなか日本社会に溶け込めないという現実を突きつけられたのです。

子どもたちがアイデンティティのことでいずれ悩みを抱えるようになるとわかったので、わたしは文化的背景が多様な子どもや帰国子女を受け入れている学校を探すようになりました。あちこちに問い合わせて、桐朋女子中学校・高等学校のことを知りました。帰国子女を多く受け入れる同校は、生徒のありのままを認める、のびのびとした教育を行っているという評判でした。※ソラヤは桐朋女子中学校を受験して無事合格することができたので、わたしたち夫婦は胸をなで下ろしました。中学入学後、ソラヤは海外経験のある日本人生徒と仲良くなりました。彼女たちはたがいにわかり合えたのです。新しい学校に馴染むことができたソラヤですが、残念なことに知的刺激という面ではもの足りなさを感じていました。そのため、猶彦がソラヤにプレゼントした、英語に翻訳されたドイツ文学やロシア文学の本を読みあさっていました。

※このとき、学習院女子中等科もソラヤの入学先候補でした。猶彦の一族の多くは学習院に通っていましたし、同校は帰国生の受け入れもしていました。ところが、学習院と桐朋の試験日が重なったので、一

校に絞らざるをえなかったのです。

学校では試験の成績や有名大学に合格することが重視されるので、中学、高校時代のソラヤはなかなか前向きに勉強に取り組めませんでした。暗記学習や試験のための勉強ばかり強調されるので、うんざりしていたようです。わたしは自分がレバノンで受けた、暗記中心のフランス式教育を思い出しました。でも、大きなちがいがひとつあります。レバノンでは自分の意見をはっきり述べることが大切だとされていました。

ソラヤには、国際化が進む世界に順応できるよう、自立心と批判的精神を養う教育を受けさせたいと思うようになりました。そこで、海外の大学進学を目指すにはどうしたらいいか、情報を集めたのです。自分がイギリス、アメリカ、日本の大学で学んだ経験から、イギリスかアメリカの大学に進学してはどうかと彼女に勧めました。わたしは東京大学や大阪大学の大学院で学ぶことができて、とても恵まれていました。ですが、日本の大学には研究のための素晴らしい環境が整っていて、教授陣も優秀なのにもかかわらず、多くの学生が講義中に居眠りしている姿を見て唖然としました。起きている学生も、受動的にノートを取るばかりです。それに、学んでいることがらについてのディスカッションはめったに行われません。

国際バカロレアプログラムの履修が海外の有名大学進学に有利だと聞き、いろいろと調べた結果、わたしは清泉インターナショナルスクールの存在を知りました。国際バカロレアプログラムを厳格に行うこの学校は理想的でしたし、わが家からも近かったのです。猶彦と姉のマリーローズは、普段はわたしの学校選択に口を出さないのですが、このときはソラヤがすでに高校二年生になっていたので、最初は転校させることに反対しました。とはいえ、わたしはソラヤが知的な物足りなさを感じていることのほうが心配でした。彼女が挑戦してみたいのなら、転校させたほうがいいと思いました。

それでうまくいかなければ、わたしは責めを負う覚悟でいました。ですが、問題は家族の反対だけではありませんでした。清泉側にもソラヤをすんなりとは受け入れてはもらえなかったのです。清泉の校長先生は、準備期間が二年足らずでは国際バカロレアの取得は難しいと考えました。それで、残念なことに親であるわたしと意見が食いちがったのです。※ じつは、聖心インターナショナルスクールやアメリカンスクールにも同じ理由で転校を断られていました。ですが、ソラヤが自ら清泉側にかけあい、決定を考え直し、せめて転入試験だけでも受けさせてほしいと訴えたので、当時の清泉の校長、シスター・コンセサはさぞ驚いたことでしょう。※※ 彼女はソラヤの真剣な気持ちをわかってくれ、ソラヤの成績や試験結果を確認したうえで、一一年生への編入を認めてくれたのです。とてもうれしい出来事でした。

※校長先生は、ソラヤがそれまで六年間日本の学校に在籍していたこと、両親が英語の母語話者ではないことにも難色を示していました。

※※わたしは日ごろ子どもたちに、「できない」という答えをすぐに出すべきではないと言っています。困った状況にあっても、何か疑問があり、立ち向かうべきだと思えるなら、なおさらです。それで、学校に決定を考え直してもらうよう働きかけてみるべきだと、わたしはソラヤを励ましたのです。

清泉に編入後、ソラヤの様子は目に見えて変わりました。生き生きとするようになり、勉強面でもやる気を見せました。知的魅力のあるクラスメートたちは、自分の意見を臆せず口にします。先生たちも、ただ単に試験に備えて事実を暗記するのではなく、深く考え、議論をして、文章にまとめるよう生徒を指導していたので、授業も充実していました。この学校では自分の意見を持つことが大切だとされ、自立的思考も養われました。

編入当初、先生から投げかけられた質問に積極的に答え、活発に議論するクラスメートの姿を見て、ソラヤは気おくれしました。日本の学校では、たとえ答えがわかっていても、先生からの質問に積極的に答える生徒はあまりいません。ソラヤはクラスで行われるディスカッションに慣れるのに時間がかかりましたが、自分が議論に貢献できると思ったときは、意見を述べるようにしていたようです。

清泉在学中に、彼女が銕仙会《てっせん》の能舞台で仕舞を披露する機会があると、わたしは先生やクラスメートを招待しました。そうすれば、ソラヤが能の稽古でつちかってきた芸がどんなものか、見てもらうことができます。ソラヤは普段は物静かなタイプなので、彼女が朗々と謡い、演じる姿は彼らには新鮮な驚きだったようです。※

※ソラヤが父親の手をほとんど借りずに書いた、能の観念についてのレポートも学校で高い評価を受けました。わたしは今でもこのときの彼女のレポートを、能の舞台にご招待する方に読んでいただくようにしています。それを読めば、能の美意識や所作、情感の伝わり方がよく理解できるからです。

ソラヤは新しい学校では課外活動にも積極的に参加して、学校外のNGOの活動やさまざまなプロジェクトにかかわりました。清泉ではボランティア活動への参加が奨励されていました。社会に貢献する経験を通じて、生徒がバランスの取れた人間に成長することが大切だと考えられていたのです。ソラヤはフィリピンでホームレスの家族のために家を建てる活動に熱心に取り組みました。このプロジェクトは「ハビタット・フォー・ヒューマニティ(Habitat for Humanity)」というNGO団体が主催するもので、清泉も協力していました。生徒たちは地元の人と協力して簡素な家を基礎からつくりあげる経験を通して、自分の力が社会に与える影響力を実感していました。このときの経験や、レバノン訪問をきっかけにして、ソラヤはソーシャル・イノベーション（社会変革）に携わりたいという気持ちを抱くようになりました。

順応に苦しむ息子

日本とイギリスの学校での経験は、トモとソラヤでは状況がちがっていました。ソラヤは環境の変化にも順応できましたが、トモの場合はソラヤほどうまくいかなかったので、わたしはいつも申し訳なく思っていました。ソラヤとはちがい、トモは日本語も英語もしっかりとした土台をつくることができませんでした。四歳で日本を離れ、八歳で今度はイギリスを離れました。日本語も英語もしっかり身につける前に、別の国に移らなければならなかったのです。さらに、日本に帰ってからもつらい思いをしました。トモが五年生になったとき、わたしは急な変化を感じました。トモの友達は、以前のように自然な感じで彼とじゃれ合わなくなり、女の子たちはぱったり遊びに来なくなりました。

同級生が大人しくなるなかで、トモだけは変わりませんでした。成長しても、自由を求める、愛情あふれる彼の気質はそのままでした。わたしが登校する様子をマンションの七階から眺めていると、トモが投げキッスをしてくれたことを今でも覚えています。日本人の友達からは笑われていましたが、彼はそうすることをやめず、友達にどう思われようと気にしませんでした。

きっと、子どもが成長しても変わらず愛情表現をするレバノンの風習に影響されたのでしょう。わたしは子どもたちに惜しみなく愛情を注いできましたが、それはわたしにとって、子どもたちとの絆をつくり、彼らが愛されていることを理解し、安心を感じるためにはとても重要なことでした。

わたしが行ったバイカルチュラルの若者へのインタビューでは、外国人の母親が学校に迎えに来たときに戸惑ったという話もよく聞いていたので、余計にトモの思いやりに感動しました。若者たちは、自分が他の子たちとはちがうのがいやだったそうです。それで悲しいことに、母親のことを恥ずかしいと思うようになったのです。周囲に溶け込むために英語ができないふりをしていた人もいました。一般的な日本の男の子とはちがい、トモはいつも自慢げにわたしを友達に紹介していました。トモの本来の性格と、優しい気持ちは見事なまでに変わりませんでした。

残念なことに、日本に帰国して数年が過ぎても、トモは日本語の勉強に前向きに取り組めませんでした。どうしてそんな態度を取るのか、わたしには不可解だったのですが、彼の気持ちはわかるような気がしました。というのも、彼がまだ五歳のとき、わたしが心臓発作を起こしかけた出来事がありました。ロンドンで毎週末に通っていた、日本語の補習授業校からトモが誘拐されたかもしれないと夫婦で慌てたことがあったのです。ある日、トモは教室を抜け出して校庭の片隅に隠れました。学校からわたしたちのもとにトモが見当たらないという連絡が入りました。なんと、彼はずっと校庭の植え込みのなかに身を潜めていたのです。そこへ学校の職員がやって来て、きみは梅若猶巴かと聞いたとき、彼はただ頭を横に振るばかりでした。そのせいで捜索が長引きました。この一件で、わたしは彼が日本語を学びたがらないのは、彼が日本語と「権威」を結びつけて考えているせいではないかと思うようになりました。学校や能の稽古では規律を押し付けられ、家庭では厳格な父親からきちんとするよう求められるので反発したくなり、おかしな行動に走るのでしょう。トモはローラースケートで暴走したり、火遊びをしたり、反抗的な仲間とつるんだりしては、たびたび自分の身を危険にさらしていたので、わたしは心配が尽きませんでした。

ソラヤがインターナショナルスクールで充実した日々を送っている様子を見て、トモの反抗的態度をこれ以上エスカレートさせないために、わたしは彼を定評あるセント・メリーズ・インターナショナルスクールに転校させることにしました。環境が変われば彼の態度も落ち着くのではないかと思ったのです。六年生で日本の小学校からセント・メリーズ校に転校することになって、トモはよろこびました。ところが残念なことに、当時同校では第二外国語としての英語の授業は行われていませんでした。その授業があれば、英語面でもトモは周囲に追いつくことができたでしょう。それにもかかわらず、トモはいろいろなスポーツに挑戦して、国際色豊かな友人をつくり、学校生活を楽しんでいました。セント・メリーズ校は生徒同士の競争が激しい学校なので、トモのように支援を必要とする子どもへの配慮はとくにありませんでした。それで、トモはイギリスの全寮制の学校、ランシング・カレッジに二年間留学することになったのですが、そこでイートン・ハウス校時代の親友、ジェイクと再会して、充実した時間を過ごしました。この留学経験からトモは自立することの大切さを学びました。英語力を強化して帰国すると、トモは能の稽古を再開しました。さらに、父親の猶彦とともに前衛劇にも出演するようになり、自信をさらに深めました。

トモはその後、大岡山インターナショナルスクールに通いました。この学校は、各クラスの生徒が最大五名までの少人数制なので、教師は生徒ひとりひとりに注意を払い、自分の興味を追求するよう励ますことができます。映画に興味を持ったトモは、独自の短編映像の制作に夢中になりました。独創的なアイデアや才能が教師やクラスメートに認められて、温かい応援を受けました。自分の強みや夢中になれることを見つけ、創造的な表現手段を得たことで、規律ばかりの日本社会と厳しい父親が原因で積もりに積もった不満を解消できるようになったトモは、生き生きと学校生活を送るようになりました。この学校では、アメリカのネブラスカ大学リンカーン校付属のインディペンデント・スタディ・ハイスクールの授業を通信教育で受けることができたので、結局トモはそちらを卒業しました。

猶彦はトモに自分の母校の上智大学に進学してほしいと思っていたのですが、上智大学には映画学部がありませんでした。それで、トモは東京にキャンパスがあるテンプル大学に進学することにしたのです。大学のメインキャンパスがあるフィラデルフィアでも六か月間学べることになり、トモは楽しみにしていました。怖いもの知らずのトモはたまにふざけたりすることもあったので、わたしは心配でした。ところがさいわい、彼はわたしが思う以上に大人でした。映像制作で成功を重ね、自信がついたトモは、やっかいごとには近づかないようになっていたのです。情熱とともに新しい冒険に乗り出すことで、本当の自分を見つけることができました。トモはいろいろな経験をしましたが、その一部を写真やドキュメンタリー映像に記録するようになりました。広島や長崎の原爆被爆者、麻薬中毒患者、困っているホームレスの人たちなどにカメラを向けたのです。※

※トモは、従来型の決まりきったコースから外れても成功できるということを身をもって示してくれました。試験に合格したり、立派な学業成績を収めたりしなくても、目標を定め、自分らしさを追求するこ

とで、幸せな人生を送ることができます。子どもたちが創造性を通して得たスキルは将来おおいに役立ちます。学校の教科の勉強ばかりを重視するのではなく、自分の情熱を追い求めるよう励ますやり方もあるのだということをわたしはお伝えしたいのです。

忘れられないエイプリルフール

いっぽう、出願先の大学を決める時期を迎えたソラヤはアメリカとイギリスの大学に願書を出しました。最終的には、アメリカでリベラルアーツ教育を受けることを希望するようになりました。リベラルアーツ(教養)教育のいいところは、ソラヤのように幅広い興味を持つ学生は入学後の二年間で複数の分野の授業を取ることができる点です。そのうえで、何を専攻するか決めればいいのです。イギリスの大学の場合は出願の時点で志望学部を決めておかなければなりません。そして、いちど決めた学部をあとから変更するのは難しいのです。つまり、その分野の理解があまり深まっていないうちから自分の専攻を決めなくてはならないのです。そんな環境では、複数の分野を学んで、自分がどんなことに興味があるのか探ることは不可能です。

ソラヤの第一志望はプリンストン大学でした。伝統あるアイビーリーグのなかでも上位三校に入る大学です。アメリカ東海岸にある大学をいくつか見学した際に、ソラヤはプリンストンの美しいキャンパスがすっかり気に入りました。※ 猶彦ははじめ、アイビーリーグの大学への出願に難色を示しました。不合格になったとき、ソラヤに失望を味わってほしくなかったのです。プリンストン大学への入学は競争が激しく、受験生のなかで留学生が合格する割合はわずか七パーセントだということを猶彦は知っていました。日本人が合格することはまれです。ここでもわたしと猶彦の意見は対立しました。ソラヤは挑戦しても、失うものは何もないとわたしは考えていました。それまでに彼女がさまざまな教育システムのなかで困難に立ち向かい、問題を解決する姿を見ていたので、今度も絶対大丈夫だと思ったのです。

※ハーバード大学で学生選抜作業に携わり、東京大学では留学生カウンセラーを務められたマーフィ重松先生から、アメリカのトップ大学が重視するのは成績だけではなく、仲間の学生や大学のコミュニティに何らかの価値を提供できるような、人間としてバランスがとれ、情熱を持った学生が評価されるということをうかがっていました。それでソラヤにアイビーリーグの大学に出願するよう促したのです。

二〇〇二年四月一日は、わたしたち家族にとって忘れられない日となりました。この日、国際宅配便のフェデックス経由でわが家に小包が届けられました。それは、プリンストン大学がソラヤを大学によろこんで迎えるということを知らせるものでした。猶彦は最初、エイプリルフールのジョークではないかと疑って、なかなか信じようとはしませんでした。もちろん、ジヨークなどではありません。それで、家族全員で大よろこびしました。この日はまた、別の意味でも特別でした。わたしの父の二三回目の命日だったのです。父がわたしや孫娘のことを見守っていると伝えてくれているように感じました。

ソラヤはプリンストン大学で比較政治学を専攻しました。さまざまな分野の、知的好奇心がかきたてられる科目を学べる環境は、彼女にとってはまさに夢のようでした。一年生のときにアフガニスタンの首都カブールで夏期インターンシップを行い、ソラヤは映像制作に興味を持ちました。その後、エクアドル、カンボジア、ベトナム、ラオスでホームレスの子どもたちの調査を行うための奨学金を獲得しました。映像制作に情熱を傾けるいっぽうで、わたしの手も借りながら、ソラヤは彼女なりのやり方で伝統文化の能を海外に伝えようと試みました。三年生のときに、父親の猶彦をプリンストンに招き、彼が学生の前衛劇を指導し、上演を行えるよう段取りをつけました。彼女自身も古典的演目、『船弁慶』の一部を披露しました。ソラヤが長い刀を持った勇猛な武将に扮していることに、クラスメートはほとんど気づいていませんでした。わたしにとって、それは能を広めるまたとない機会であり、ソラヤと一緒にキャンパスで過ごした貴重な時間となりました。

現在、ソラヤとトモは、能についてのドキュメンタリー映像を共同で制作しています。能の美しさと奥深さを人々にわかりやすく伝える作品になる予定です。猶彦も、彼が傑作だとみなす映画作品の芸術性についてふたりとよく話をしています。ソラヤとトモの、自分の好きなことを追求する姿勢や芸術への情熱をわたしは尊敬しています。ふたりが自由に考え、創造的で、責任感と思いやりを持った大人になり、充実した人生を送っている姿を見て、わたしはほっと一息ついています。

振り返ってみると、若くして親になるという冒険に乗り出したわたしは、自分の直感に従って、子どもたちに異文化への適応を教えなければなりませんでした。しかも、子育てのかたわら、日本や海外で能を広める活動に従事するのは並大抵のことではありませんでした。それでも、わたしはこのふたつの試練を乗り切ることにやりがいを見出していました。どうしてでしょうか？　それは、わたしが根っからの「闘士」だからです。わたしの進む道は誰にも邪魔させたりはしません。そういう姿を見せて、子どもたちのお手本にならなければと思っていました。最近では、子どもたちがわたしの最大の成果だと褒められることも多いのですが、そんなときわたしはとてもうれしくなります。猶彦も「ふたりはぼくらの最高傑作だ」と言ってくれます。

第4章
能と世界をつなぐ

『高山右近』を演じる猶彦．森英恵さんデザインの人目を引く装束で舞台に立つ．1999年，パリ日本文化会館

1　新風を吹き込む

「応永二六年二月一三日、晴、夕刻から明け方まで仙洞御所にて猿楽(能)が催された。梅若が舞った演目は一四ないし一五に及び、禄物三千疋が下された」(1)。

梅若実による再興

梅若一族はもともと「梅津」姓を名乗っていました。梅津家は京都の豪族でしたが、後土御門《ごつちみかど》天皇より「若」の字を賜り、「梅若」を名乗るようになったのです(2)。めずらしい苗字なので、より一般的で、読み方の「わ」と「か」が逆の「梅川」としょっちゅう間違えられます。そういう勘違いをわたしはおもしろがっているのですが、猶彦には迷惑きわまりないようです。

猶彦の曾祖父、梅若実(一八二八—一九〇九)は、「宝生《ほうしょう》九郎知栄《ともはる》、桜間伴馬《ばんま》とともに、「明治の三名人」として名をはせた」人物です(3)。猶彦はあるインタビューで実の能への献身を語っています。「能は幕府の庇護下にあり、特権階級だけが楽しめるものでした。ですが、一八六七年の大政奉還で旧制度が崩壊して、受難の時代を迎えます。江戸を離れ、商売をはじめる能楽師も大勢いました。そんななか、曽祖父の梅若実は希望を捨てずに踏み止まりました。入場料をとって自分の能舞台で上演するという、それまでにない試みを行いました。そして、名人を含む能楽師に、東京に戻って開放された市場のなかに居場所を見つけるよう呼びかけたのです[4]」。

実の生家は江戸の寛永寺ご用達の鯨井《くじらい》家です。梅若家には養子として迎えられました。能の伝統を継承する一族に生まれたわけではないのに、とくに将軍家からの援助が途絶えて以降、実は存亡の危機にあった能を何としてでも立て直そうとしました。彼のこんな言葉が残っています。「どうしても能楽を思い切る考えが出ませず、たとえ死ぬまでも謡は止めまいと思って、明治元年にも謡をうたっていました[5]」。

宝生九郎知栄は、「能をやる者は一人もなく、謡の声でもしたら、外から石を投げ込まれる時代に、あらゆる辛酸をなめて能を継続した梅若実は偉大であった[6]」として、実をたたえています。知栄は生活のために農民になるつもりでいましたが、実に説得されて能の世界に戻りました。

明治維新当時、能楽師がそれほどまでの敵意と困難に直面していたとは、にわかには信じられません。入水するなどして自殺した能楽師のニュースが新聞で報じられることもありました[7]。進退窮まり、娘を身売りに出す者すらもいたと記録にはあります[8]。実や周囲の支援者の忍耐力や決意の固さ、能に対する世間の認識を変え、能を救おうと奮闘した偉業を思うと、畏怖の念にうたれます。

能を伝えた外国人たち

実はまた、能を海外に伝えるために、外国人学者に能の伝統を教えた先駆者でもありました。東洋美術史家のアメリカ人、アーネスト・フランシスコ・フェノロサは実の教えを二〇年あまり受けていました。フェノロサは日本人以外の学者では、おそらくはじめて本格的に能を論じた人物で、実のもとでの修業の日々についても文章を残しています。一九〇一年に『アメリカ東洋史学会ジャーナル』に掲載された、「日本の抒情詩劇について」という論文で、フェノロサは能の美意識と倫理観との関係について述べています。「能の美しさと力強さは精神集中から生まれる。装束、所作、謡、音楽――あらゆる要素が渾然一体となって、鮮烈な印象を残すのだ」。

ひとつの演目を上演するためだけに必要とされる、とてつもないエネルギーと、さまざまな要素が融合して調和が生まれる様子をフェノロサはその目で見たのでしょう。彼が書いたものは注目を集め、著名な詩人や作家のあいだで読まれるようになりました。一九〇八年にフェノロサが亡くなると、未亡人が彼の遺稿を能の本としてまとめるために、注目を集めていた詩人のエズラ・パウンドに託しました。パウンドはそれを英国人東洋学者のアーサー・ウェイリーに見せましたが、ウェイリーはのちに能の演目一九作を英語に翻訳して出版することになります。その著作、『日本の能』は当時の演劇関係者に少なからぬ影響を与えました。フェノロサの草稿を詩的な形式に整える作業に取り組んでいたパウンドは、それをアイルランドの高名な詩人、ウィリアム・バトラー・イェイツにも見せました。能に魅了されたイェイツは、能について、「婉曲的、象徴的であり、他に類を見ない」演劇であると絶賛しています。

ポー・シム・プロウライトによれば、「パウンドとイェイツは能についての論考を発表するかたわら、[9]その知識を活用して創作活動に打ち込んだが、それによって世界の演劇に、東洋と西洋をつなぐ、きわめて創造的な関係性がもたらされることになった」ということです。[10]この言葉のとおり、イェイツは『鷹の井戸』(一九一六年)をはじめとする、能に着想を得た数々の演劇作品を上演しています。『鷹の井戸』は最初、海外で上演され、やがて日本に紹介されました。一九九〇年にアメリカのメイン大学で、「W・B・イェイツ—エズラ・パウンド記念国際会議」が開かれたのですが、猶彦はそこで『鷹の井戸』を披露して、イェイツとパウンドの仕事が、モダニスト演劇に及ぼし続ける影響力の大きさをまざまざと示しました。とはいえ、能が海外に広まる上でもっとも重要な役割を果たしたのは、能を存続させようとする梅若実の奔走と、外国人にも能を教えることをいとわない、彼の寛大さや先見の明でした。能が現代まで残っているのは、梅若実の先を見据えた、不屈の努力の賜物なのです。※

※初世梅若実の流れを継承し、旺盛な活動をつづける能楽師に猶彦のまたいとこ、梅若玄祥がいます。師は二〇一八年に四世梅若実を襲名しています。

新作能という戦略

能を海外に伝えた曽祖父の実に倣い、外国人も含め世間一般の人々にとって能を身近なものにするために、猶彦は尽力してきました。その一環として、新しい能の演目を発表しているのですが、実験的な試みは能の世界ではタブーにも等しいことでした。猶彦は古典的演目をこなすかたわら、大学卒業後は「新作」に力を入れるようになりました。猶彦の手掛ける新作能では、所作や型は伝統的な能の振付を踏襲していますが、物語の展開は斬新です。能の世界に新風を吹き込み、新しい観客層にアピールする戦略が伝統を守るために効果的だと猶彦は考えているのです。「亡き父の美学に忠実であるかぎり、わたしはいつでも正統から外れることができます[11]」というのが猶彦の持論です。

伝統から逸脱することをいとわない猶彦の戦略が能の世界では異端視されることもありました。猶彦の試みは当初、一部の関係者からは能の厳格なしきたりをないがしろにするものだとみなされたのです。そのため、反感を買うこともありました。ある囃子方は猶彦と意見が食いちがったために立腹して、他の囃子方に猶彦とは一緒に仕事をしないよう指示したほどです。猶彦は実際に独創的すぎるという批判も受けています。まさに、日本の諺にあるように、「出る杭は打たれる」のです。でも、どれだけ叩かれても、打たれまいと抵抗すれば、やがてその杭はいつも飛び出しているものだと思われるようになります。さいわい、能の世界には、猶彦のビジョンに共鳴して新作能に参加してくれる味方がいました。彼らの多くは今でも猶彦を支えてくれています。

批判を受けることは覚悟の上で、猶彦は数々の新作を振り付け、シテを演じました。実験的演目の第一作、『漂炎(Drifting Fires)』は一九八五年に初演されました。この作品には、滅亡後の地球に降り立った宇宙からの旅人が登場します。彼らは人類最後の女性の亡霊と出会い、その女性が失われた美しい地球を思って舞う様子を眺めます。英語で演じられましたが、作品の構造は能そのものでした。※ 作者の日本文学研究者、ジャニーン・バイチマンは猶彦を主役に据えました。外国語で能を演じると、能の本質が損なわれるようにわたしには感じられるのですが、猶彦は何とかして滅亡した地球の悲哀を伝えようと試みました。彼の力強い声が、会場となった歴史ある増上寺に朗々と響き渡りました。

※初演は国際科学技術博覧会(科学万博つくば)です。一九八六年に改訂版が港区芝公園の増上寺で上演されました。

能楽者・音楽学者で、自身も能を舞うリチャード・エマートは猶彦をこう評しています。「梅若猶彦氏は大胆にもこれまでにいくつか新作を演じている。彼が「大胆」というのは、古典的演目から少しでも外れると厳しい目を向けられる能の世界において、あえてそのようなことをする数少ない役者のひとりだからだ。これからも新作能を演じ続けることで、彼は他の能楽師たちに、決まりきった型から外れるよう働きかける存在になってくれるだろう[12]」。

バチカン宮殿への道

猶彦が振付をして出演するようになった新作のなかでも、わたしはとりわけキリスト教をテーマにしたものに親しみを覚えました。これまでに述べたように、猶彦はキリスト教徒として育ち、イエズス会が運営する上智大学を卒業しています。上智大学では司祭の門脇佳吉《かきち》神父※が教鞭を執られていました。門脇神父は自分が創作した『翁の千歳《せんざい》』(「翁」とは老人の姿をした神の使いのことです)という作品を振り付け、ラテン語で上演するよう猶彦に依頼しました。そして、その作品は一九八六年に東京麴町の聖イグナチオ教会の元日ミサで演じられました。門脇神父の狙いは、能を取り入れてミサをより魅力的なものにすることでした。門脇神父いわく、「ミサで使われる言葉はラテン語から翻訳されたものだが、もとのリズムが消えてひどいものになっている」⑬ということです。

※門脇佳吉神父は上智大学で東洋宗教研究所所長を務めました。著作に『身の形而上学』(岩波書店)などがあります。

『翁の千歳』では、聖歌隊がラテン語で歌うグレゴリオ聖歌と、能の地謡が交互に登場します。このアンサンブルは現代音楽の作曲家、細川俊夫によって編曲されました。きわめて独創的な演目ですが、古来伝わる、能の原型である『翁』の音楽に、礼拝における主要な祈り、「キリエ・エレイソン(主よあわれみたまえ)」と「グロリア・イン・エクセルシス・デオ(いと高きところに神の栄光あれ)」が入っているので、わたしは懐かしい気持ちになりました。能とキリスト教という、特殊な組み合わせのメロディが溶け合い、教会じゅうに響き渡ります。

上演を見守るうちに、わたしは両親と毎週ミサに参列して、讃美歌を歌ったベイルートでの子ども時代に戻ったかのような気持ちになりました。

観客の反応がよかったことから、門脇神父は、キリスト教をテーマにした新作能をさらにプロデュースするよう猶彦に要請しました。そんな演目のひとつが、『イエズスの洗礼』です。この作品の作者は門脇神父で、一九八七年に国立能楽堂で初演されました。『毎日新聞』紙面で、作家の木崎さと子はこう評しています。「……しかし、私にとって何より驚きだったのは、奉能の舞いをじっとみつめているうちに、眼前に、ふいに砂漠が展《ひら》けてきたことであった。中近東の砂漠を私は実際には知らない。それなのに、私の眼の前に、空々漠々たる砂の堆積がうねり、そこを一人のひとが、扇をさしのべ、威厳をもって、しかし孤独にさすらっていた。(中略)さすらう舞いそのものが神の啓示になっていた」[14]。このような好意的な評を得たことから、門脇神父はこの演目の海外公演を目指すようになりました。

当時の上智大学学長、ヨゼフ・ピタウ神父から、バチカン宮殿内とローマの聖イグナチオ教会で、翌年のクリスマス・イブに『イエズスの洗礼』を上演するために招待を受けたと知らされたとき、猶彦とわたしは舞い上がらんばかりによろこびました。※ この素晴らしいニュースをわたしはすぐさま猶彦の母ロザとわたしの姉マリーローズに伝えました。ふたりとも敬虔なカトリック信徒ですので、ぜひわたしたちに同行して、教皇ヨハネ・パウロ二世にお目にかかりたいとのことでした。とりわけ、ユダヤ・キリスト教文化についての書籍の執筆をライフワークにしているマリーローズはとても感激していました。わたしはそこまで熱心な信者ではありませんでしたが、それでも豪華絢爛な雰囲気のバチカン宮殿で行われた能の上演に圧倒され、息をするのも忘れて見守りました。レオナルド・ダ・ヴィンチやラファエロによる芸術作品に囲まれて座っておられる教皇のお姿も忘れがたいものでした。

※このとき、ローマでの公演後にブリュッセルの聖ヤコブ教会でも上演するよう招待されていました。

洗礼者ヨハネの役を演じた猶彦は、キリストに洗礼を授ける場面を、教会での洗礼の儀式で水を使って行うように、優雅に扇をひと振りして表現しました。その研ぎ澄まされた所作は、演目の「品格」が増すほど、そぎ落とされた簡素なものになるという、世阿弥の「花」そのものでした。[15] 上演が終わると、教皇は日本

1989年のクリスマス・イブ，バチカン宮殿で『イエズスの洗礼』の上演後にヨハネ・パウロ２世と

語で感謝状を読み上げられ、わたしたちをおおいに感動させました。教皇がわたしの手を握られ、目をじっと見て「お国のために毎日祈っていますよ」とフランス語でおっしゃったとき、わたしは感極まりました。レバノン内戦のことだとすぐにわかりました。当時、開戦からすでに一四年が経過した内戦が収束する兆しはいっこうに見えていませんでした。

ローマの聖イグナチオ教会では、猶彦が祭壇で能の伝統的所作である足拍子を踏み鳴らすと、その音が教会じゅうに響き渡り、ミサの参列者は感銘を受けました。V・ファントゥィッツィはこの公演を次のように評しています。「能については何の知識も持ち合わせていなかったが、実際に見てはっきりわかったことがある。この舞はまごうかたなき〝祈り〟であり、神に触れるものなのだ(16)」。

ロザとマリーローズと一緒に過ごした、思い出深い海外でのクリスマスになりました。わたしは旅行が大好きなのですが、イタリア公演のおかげで、システィーナ礼拝堂、パンテオン神殿、ボルゲーゼ・コレクションなどをじっくり見て回ることができました。コロッセオにも足を運びましたが、現在のレバノン国内にある、紀元前六四年にローマに支配されたフェニキアの都市国家、バールベックとティールの同じような寺院が思い出されました。わたしは自分へのご褒美として、ロザと買い物に出かけ、おいしいイタリア料理も楽しみました。トレヴィの泉にどうしてもコインを投げ入れたくて、危うく飛行機に乗り遅れるところでした。※その泉にコインを投げ入れれば、またローマに戻って来られるという言い伝えがあるのです。数年後、わたしはローマを再訪したので、その言い伝えどおりになりました。

※ローマのクイリナーレ地区にあるトレヴィの泉は、世界でも有数の壮麗な噴水として知られています。

能を売り込むプロデューサーの仕事

国内外の観客向けに能の公演を売り込む際、わたしは企画段階から準備に携わります。猶彦のポートフォリオをプロデューサーに送ったり、参考資料として使える過去の公演の写真や映像を選定したりします。公演の詳細が決まったら、チケット料金をどうするかについての話し合いへの参加、資料の用意、デモンストレーション付きレクチャーの企画などの仕事があります。

公演当日はお客様が問題なく入場しているかに目を光らせ、ゲストに対応します。身分の高い方が来賓としていらっしゃる場合は、少しばかりややこしいことになります。あるとき、当時清子内親王でいらっしゃった黒田清子さんを『高山右近』公演にご招待したところ、来ていただけることになりました。その際、護衛の方のためだけに一〇席分用意しなければなりませんでした。報道機関も二〇名以上集まったので、そちらの対応にも追われました。

公演終了後は出演者、プロデューサー、その他のゲストのために打ち上げの食事の席を設けることが慣例となっています。海外公演のお手伝いをするときは、出演者の移動・宿泊の手配をして、必要ならビザ申請の書類を整えます。日本人は細かいことにこだわるので、何をするにも細心の注意を払わなければなりません。

他のアーティストとコラボレーションをすることもあります。新作用の装束制作を依頼するために、猶彦との仕事に興味を示すアーティストに連絡を取り、打ち合わせの予定を入れ、協力を得られるよう取り計らいます。新作をプロデュースする際は、特別にあつらえたオリジナルの装束いかんで舞台の印象が一変します。そのため、猶彦の尊敬する森英恵、コシノジュンコ、久保田一竹《いっちく》などの著名なデザイナーに協力を仰ぐことが多いのです。※

※コシノジュンコさんは、前衛劇『The Coffee Shop within the Play』に出演する猶彦と静岡文化芸術大学の学生のために、黒革素材でらせん状になった斬新な衣装をデザインしてくださいました。この劇は、原宿クエストホールで行われた「Distortion Dimension on Time and Space」シンポジウム内で上演されました。

森英恵さんのオートクチュールのファッションショー後のレセプションで、有名な着物作家の久保田一竹氏に出会うことができたのは幸運でした。袴姿で、世界じゅうから集められた色とりどりのビーズをあしらった帯を締めた一竹氏はとても目立っていました。氏は日本古来の染色技法、「辻が花」を復活させたことで知られる人物です。彼が『イエズスの洗礼』のために新しくデザインした着物は、それは見事な出来栄えでした。洗礼者ヨハネを演じる猶彦がまとう、繊細な白い花模様が浮かぶ明るいエメラルドグリーンの着物は、作品の荘厳さを華やかに引き立ててくれました。

あるとき、わたしは河口湖にある久保田一竹美術館の屋外ステージで行われる公演をプロデュースすることになり、ご本人とやりとりしながら仕事を進めることになりました。猶彦が、一竹氏作の素晴らしい着物を身にまとい演じた薪能のことが懐かしく思い出されます。竹林に囲まれ、富士山と河口湖を望むそのステージを篝火《かがりび》が美しく照らしていました。猶彦が羽織っていた着物を池に投げ入れる場面では、観客全員がぎょっとして息をのむ様子がおかしかったです。その着物は目立たない薄いビニールの膜で覆われ、防水加工が施されていたのですが、観客のほとんどは気づいていなかったでしょう。

猶彦は他にも、森英恵さんデザインの人目を引く装束でも舞台に立っています。彼女が能装束のデザインを手掛けるのははじめてでした。『高山右近』※のために、スタイリッシュなマント風の、白と黒の二種類の司祭の衣装をデザインしていただきました。斬新で型破りな『高山右近』は上野の東京文化会館などで上演されました。この作品では、能の囃子方に対して地謡座の奥に西洋音楽のフルオーケストラが並び、野田暉行作曲の音楽を演奏します。一九九九年には、パリ日本文化会館でも演じられました。

※『高山右近』は、日本のキリシタン大名、ユスト高山右近の物語で、加賀乙彦によって書き下ろされました。一五五二年生まれの右近は、キリシタン追放の気運が高まったため、マニラに逃れました。

2　転機

一本の電話

それは、一九八八年一二月のことでした。バチカンに向かう途中、ロンドンで乗り継ぎの飛行機を待つあいだ、わたしはロンドン大学ロイヤルホロウェイ校に電話をかけました。ロイヤルホロウェイ校には有名な演劇学部があります。そこで、英語で行われる能のデモンストレーション付きレクチャー開催に興味を示すかもしれないと思い、聞いてみたのです。わたしは能を研究しているポー・シム・プロウライト教授と話すことができました。電話を受けて興奮している相手の様子に、わたしの期待は高まりました。彼女は二つ返事でわたしの提案を受け入れました。

猶彦はロイヤルホロウェイ校で一週間の集中的な能のワークショップを行えることになりました。そのワークショップで猶彦の才能と能についての深い専門知識が認められ、ポー・シム教授とロイヤルホロウェイ校演劇学部はイギリスで能を広めるために、猶彦を教員として正式に招聘することにしました。さらに、猶彦に博士課程での研究もさせてくれることになったのです。演劇学部長のデイビッド・ブラッドビー教授は、猶彦を招いた理由について、「偉大な能楽師の並外れた技法を間近で見る機会を得て、日本の古典演劇の伝統は、現在世界で行われているあらゆる本格的な演劇研究にとってきわめて重要なものとなると、われわれ全員が確信したのです[17]」と語っています。

ロイヤルホロウェイ校で認められたことは、猶彦にとって励みとなっただけでなく、わたしたち家族にとっても転機となりました。彼の研究期間中、家族でロンドンに引っ越すことにしたのです。猶彦は昔から学者になるのが夢でしたので、とてもよろこびました。学者としての研究活動は、能の仕事にはおおいにプラスになります。猶彦にとっては願ってもないことだと、わたしは思いました。というのも、自らの一門や能舞台を持たず、傍らで手を貸してくれる師匠である父親もいない猶彦は孤独でした。学者になることで、彼ならではの自立した道を歩んでいくことができ、独自のネットワークを築くことができます。また、わたしとしては、家計が以前より安定したのでほっとしました。

猶彦が博士課程で研究をしている最中の一九九一年にポー・シム教授はロイヤルホロウェイ校に能センターを開設しました。それだけでなく、無塗装のカエデ材で能舞台を作る資金をジャパン・フェスティバル委員会と三菱自動車から調達してきたのです。当時、大学の説明によれば、この舞台は日本国外では唯一の常設の能舞台だということでした。

猶彦は能の内面世界と、伝統的な振付の深遠な観念についての研究に打ち込みましたが、その傍らロンドンでさまざまな演劇フェスティバルに出演しました。スプリンググローデッド・ダンスフェスティバルでは、現代劇『Qui Affinity（気の相性）』を創作、出演しました。また、一九九一年に、イギリス人俳優の協力を得て、三島由紀夫の戯曲『サド侯爵夫人』を下敷きにした作品を振り付けました。妖艶にして詩情あふれるこの作品は、日本的感性と西洋的主題がユニークな形で融合したものです。『サド侯爵夫人』をきっかけに、猶彦は異なる様式を実験的に取り入れるようになり、ダンサーやミュージシャンなど、畑違いのアーティストとも共演するようになりました。

猶彦が手掛けた実験的な舞台のなかでも、とりわけわたしが気に入っているのは、『コカ・コーラ』という作品です。この作品では、猶彦は袴姿で登場します。ジャズ音楽が流れるなか、彼は能の所作で足をすっと動かし、天井から糸で吊り下げられたコーラの缶を手に取り、それをおごそかに開け、コップに注いで飲みます。そんな彼の姿は舞台上に発生させた霧に包まれています。観客はその様子を見て、おかしくなって笑ってしまったことでしょう。『サンデー・タイムズ』紙の批評家、ナディン・マイスナーがその舞台を「宝石」※だと評したので、猶彦はご満悦でした。この作品では、優雅で多彩、無駄のない猶彦の所作を補うかのように、ジャズ音楽が流れます。とはいえ、わたしはこれが能の作品だとは思っていません。現代的な味付けをした、能のアダプテーション(翻案)とするのがふさわしいでしょう。

※「今年のスプリンググローデッド・ダンスフェスティバルから飛び出した〝宝石〟。アメリカ大衆文化の象徴、コカ・コーラを、何世紀もの歴史があり、定式化された能で表現する、意図的なセルフ・パロディ」(『サンデー・タイムズ』紙、一九九四年二月二七日)。

ロイヤルホロウェイ校での最後の年、猶彦は学生たちと一緒に、ある劇をプロデュースしました。一番いい席はお客様にとっておくのが日本のならわしなので、公演当日、わたしは後方の席を探しました。すると、ポー・シム教授に見つかって、最前列に座るよう説得されました。

「あなたがいなかったら、猶彦はここにはいなかったはずですよ」と言われました。

思えば、たった一本の電話が猶彦と家族の人生を変えたのでした。猶彦の可能性を信じ、ロンドンで四年間暮らすというチャンスを与えてくれたポー・シム教授にわたしは感謝しています。それに、またイギリスで暮らせるとわかって、わたしはわくわくしました。天気の悪さをのぞけば、ロンドンは魅力あふれる都市です。手ごろな料金で行けるコンサート、ミュージカル、舞台などの公演が数多くありますし、地方にも遊びに行きやすいのです。さらに、イギリスに拠点を置くことで、猶彦がデモンストレーション付きレクチャーを行うためにヨーロッパに足を伸ばしやすくなりました。北ロンドンのピナーに住む兄のジョルジュやパリ在住の妹のポリーヌとも近くで暮らせるようになりました。そして、母国レバノンまでは飛行機で四時間の距離でした。

桜と能

わたしは能のイベントプロデュースを任されると、がぜん自分の仕事が誇らしく思えます。なかでも、フランスの化粧品・香水ブランド、ゲランとコラボレーションしたイベントは忘れがたいものでした。二〇〇四年、ゲランは毎年恒例のチェリーブロッサムパーティーで、瀟洒《しょうしゃ》な自由学園明日館《みょうにちかん》を会場にして、何か特別なイベントを開催したいと考えました。そこで、猶彦と有名なヴァイオリニスト、川井郁子さんとの共演をプロデュースする依頼がわたしに舞い込んだのです。わたしはすぐにその仕事を引き受けました。大規模なイベントを手掛けられることになり、張り切りました。

ゲランのチェリーブロッサムパーティーの会場となった，フランク・ロイド・ライトによる自由学園明日館

当時、ゲランは新しい香水、「ランスタン・ド・ゲラン(L'Instant de Guerlain)」を売り出し中でした。その香水と、春という季節にちなんで、わたしはその夜を「ラ・マジ・ド・ランスタン(La Magie de l'Instant「時の魔法」)」と呼ぶことにしました。桜の花のはかなさを表現したかったのです。このイベントには有名人や外国の外交官などをお招きしました。

ところが、イベントの二週間も前に例年より早く桜の花が咲きはじめたではありませんか。わたしは慌てました。でもその後、寒さが戻り、ほっと胸をなで下ろしたのです。イベント当日、桜が見事に満開になったのは、まさに「魔法」でした。アメリカ人建築家、フランク・ロイド・ライトが設計した白い校舎がピンクと紫にライトアップされて、桜の花の色合いを際立て、まるでおとぎ話の世界に迷い込んだかのようでした。当日のパフォーマンスと会場の魅惑的な雰囲気に、お客様は心奪われていました。

森英恵さんがデザインされたブルーの装束をまとって舞う猶彦の所作は気品にあふれ、川井郁子さんの奏でるストラディバリウスの音色はうっとりさせるものだったと、観客からも絶賛されました。すべてを終えて帰宅するために車に乗り込んだその瞬間、雨が降り出したので、わたしは胸がいっぱいになりました。そして、感謝の涙がこみ上げてきました。じつは、イベント当日は亡き父の二五年目の命日でした。もし父が生きていたら、きっとわたしを抱きしめてくれたでしょう。そして、娘が異国の地で自分の夢を追っていることをよろこんでくれたはずです。わたしはそのとき、父がすぐそばにいるように感じていました。その日はわたしにとって父を偲ぶ、忘れられない命日となり、それまででもっとも思い出深いイベントになりました。

海外への同行の楽しみ

猶彦の海外公演に同行して外国を訪れるのを、わたしはことのほか楽しみにしています。彼が異文化のなかで舞い、能に関心を寄せる人たちと交流する姿を見るのが好きなのです。それに、訪問国にレバノン移民が多く暮らしている場合は、その人たちの来歴や新天地に順応した暮らしぶりを知ることができるのもうれしいのです。あるとき、そんな国のひとつ、ブラジル・サンパウロのイピランガ独立公園で薪能公演を行うことになり、お手伝いをしました。猶彦はこの公演に、能楽師の橋岡久馬《きゅうま》を誘いました。一九九七年の明仁天皇陛下のブラジル訪問に合わせた公演でした。南米には一千万人ものレバノン人移民がいますので、わたしは個人的に、ブラジルのレバノン人コミュニティとの出会いも楽しみにしていました。※

※元ブラジル大統領のミシェル・テメル、メキシコの実業家・政治家のカルロス・スリム、アメリカで活躍する女優のサルマ・ハエック、歌手のシャキーラ、日産自動車・ルノーの元会長、カルロス・ゴーンなど、レバノン系の有名人はたくさんいます。このとき、主催者側がわたしたちの宿泊のために用意したホテルは偶然マクスードプラザホテルでしたが、このホテルもレバノン人所有です。

その公演のために舞台の図面提出を求められた猶彦は、自分で図面を引いたのですが、自分の好みだからと、型破りにも二五メートルの橋掛かりにしたのです。その結果、仮設舞台の「橋掛かり」は妙に長いものになり、おまけに欄干はありませんでした。橋掛かりは能において現実と非現実をつなぐ重要な役割を果たします。わたしたちが行った古典能の公演は四夜とも満席でした。野外で冷え込むなか、観客のブラジル人が毛布にくるまり静かに座っている様子にわたしは心打たれました。みな能の舞台に一心に見入っていたのです。

ブラジル公演の成功を祝して、わたしたちはアルゼンチンとブラジル国境の町、イグアスまで足を伸ばしました。そこでは壮観なイグアス滝に圧倒されました。ボートに乗って観光したのですが、滝に見とれるあまり、レインコートを羽織っているのに身体がびしょ濡れになっていることに、しばらく気づきませんでした。リオデジャネイロを見下ろす巨大なキリスト像が立つコルコバードの丘にも行きました。素晴らしい景色を眺めていると、レバノンのハリッサにあるマリア像、「レバノンの聖母」が思い出されました。そこからよく、母と一緒に光り輝くベイルートの海を眺めたものです。

その他に特筆すべき海外公演として、日本とチュニジアの国交樹立五〇周年を祝った、カルタゴ国際演劇祭があります。わたしは現地で古代国家カルタゴの歴史の息吹を肌で感じました。カルタゴは、フェニキアの都市国家ティルスの女王、ディードー（エリッサ）によって、紀元前八一四年に建国されたという言い伝えがあります。公演の会場となった古めかしいローマ遺跡は、猶彦の演じた現代劇『ハンニバル』の歴史的意義を伝えるのにうってつけでした。※知略に長け、名将として名をはせたハンニバルの亡霊がすぐそこにいるかのようでした。

※『ハンニバル』の脚本を手掛けたのは、サラ・ハンナシ教授で、チュニジア人俳優も演技に参加しました。猶彦による稽古は公演前の一週間をかけて行われました。

海外公演で何といってもうれしいのは、親族や友人との再会です。チュニジアではいとこのレイラと、シドニーでは友人数名と会うことができました。わたしたちは四〇年ぶりの再会をよろこび合いました。そうやって再会した懐かしい人たちが、わたしが手配した猶彦の公演と能のレクチャーに参加してくれたのにも、感激しました。※

※シドニーでは、オーストラリア有数の美術館であるニュー・サウス・ウェールズ州立美術館による「Theatre of Dreams, Theatre of Play」エキシビションに参加しました。

ボーデン湖畔での『屋島(弓流　素働)』

どんなときも、はじめての国を訪れるのはわくわくするものです。とりわけ、ブレゲンツ美術館のような素晴らしい空間を提供してくれた、オーストリア訪問は印象深いものでした。スイス人建築家、ピーター・ズントー設計のこの現代美術館は、壁面がびっしりガラスで覆われたミニマリスト建築として知られています。※ボーデン湖畔にあり、能を上演するには申し分のない会場でした。この公演では、写真家・建築家の杉本博司とのコラボレーションが実現しました。木製の能舞台は、杉本さんがデザインした洗練されたもので、通常は老松が描かれている舞台の鏡板(舞台背景)には、彼が作成した「松林図」という、二枚組の写真のパネル作品が使われました。

※「外から見ると、その建物はランプのように見える。移ろいゆく空の光や、湖にかかる靄を吸収して、光や色を放つ。そして、見る角度、日の光や天気に応じて、内部にひそむ生命の気配を伝えるのだ」と、ズントーは言っています。

その舞台で古典作品の『屋島(弓流《ゆみながし》 素働《しらはたらき》)』が演じられたのです。猶彦は源義経の亡霊の役どころで、源氏と平氏がぶつかり合った、有名な屋島の合戦を物語りました。舞台の背景には、実際に合戦のあった屋島で撮影された写真作品が飾られています。燭台の上で揺れる和ろうそくの炎が周囲をほのかに照らし、会場全体の美しさを際立てました。そして、わたしは合戦の行われた昔へといざなわれました。この昔の時代に迷い込むかのような感覚は、わたしが最初に能に魅了されるきっかけとなったものです。わたしはその会場で、伝統的な和のしつらえと美術館の前衛的な建築とのあいだのコントラストを心ゆくまで楽しみました。

公演後、オーストリアの著名な舞台演出家から声を掛けられました。彼は義経を演じる猶彦の姿に「本物の武将が見えた」と言ってくれたので、うれしくなりました。演じる人物が観客に「見える」というのは、能役者にとってはこの上ない讃辞なのです。義経を演じる猶彦は、アメリカ映画あるいはインド映画でよくあるように、怒りや恐れなどの感情をオーバーに表すことなく、合戦の様子を伝えます。そんな彼の姿を通して本物の武将が見えるというのは、本当に素晴らしいことです。世阿弥は感情を表に出すことをいさめています。感情を露わにすると、舞台上の調和が乱れ、精妙な芸が損なわれるからです。

『屋島(弓流　素働)』はその後、ニューヨークのディア・センターでも上演されました。公演が行われたのは、二〇〇一年九月一一日に発生したアメリカの同時多発テロから三週間後のことでした。猶彦や関係者は、さらなるテロがあるのではないかと警戒して、ニューヨーク行きに不安を覚えました。また、猶彦には別の心配事もありました。わたしがレバノン出身なので、アメリカの入国時に問題になるかもしれないと思ったのです。あんなテロ事件が起こった直後ですから、中東地域にルーツを持つ旅行者が西洋人から疑惑の目を向けられるのも無理からぬことでした。

ところが、さいわいこのときわたしは日本国籍を取得していました。※アメリカの入国管理官はわたしが日本のパスポートを持っているので驚いた様子でしたが、もともとはどこの国の出身かは尋ねずに、「日本のパスポートは外交官パスポートよりも信頼されていますからね」とだけ言いました。それで、同行した一〇名の出演者たちはほっとしたのです。これでわたしが基本的な英語の通訳をこなすことができます。彼らのほとんどは英語が話せませんでした。

※一九九五年にスミソニアン博物館での久保田一竹氏の着物展示と合わせて行われた『辻が花の舞』公演のために渡米した際、わたしたち一行の荷物は探知犬のチェックに回されました。わたしがレバノンのパスポートを持っていたためです。このような困惑する出来事を受けて、猶彦はわたしに日本国籍取得を促すようになり、わたしは二〇〇〇年に日本国籍を取得しました。それまでは、ビザを申請するにも結婚証明書が要求され、かなり時間がかかっていました。

『リア』での共演

畑違いの外国人役者との共演にも猶彦は積極的に応じています。一九九六年、国際交流基金アジアセンター制作の、文化を超えたそれまでにない演劇作品、『リア』を上演するために、三五名のアーティストが集められました。この作品は、シェイクスピアの『リア王』を下敷きにしています。役者の出身国は、中国、インドネシア、日本、マレーシア、シンガポール、タイの六か国に及びました。

脚本は日本の岸田理生《りお》が手掛け、シンガポールのオン・ケンセンが演出を担当しました。猶彦はリアとその妻の二役を演じ、京劇俳優の江其虎《ジャン・チーフー》がリアの長女、ゴネリルを演じました。役者はそれぞれの役を母国語で、出身国の文化特有の動きやスタイルを取り入れて、自由に演じることができました。

『リア』は渋谷のシアターコクーンで一九九七年に初演され、その後、香港、シンガポール、ジャカルタ、ベルリン、コペンハーゲン、オーストラリアのパースで上演されました。アジア的要素が混ざり合い、熱気に満ちた『リア』のリハーサルは二か月半の期間をかけて行われました。シンガポールで行われたリハーサルでは、多国籍の役者が共演して、異文化が混ざり合う様子が圧巻でした。インドネシア語、日本語、中国語、タイ語など、さまざまな言語が飛び交い、この作品にさらなる奥行きを与えました。物語は示唆に富む内容で、権力ばかり追い求めた果てに、健全な精神と人間関係が破壊される様子が描かれています。

『リア』を演じる猶彦. 1997年にオーストラリアのパースで(国際交流基金アジアセンター制作作品)

『リア』を観て、異なる文化間の相互作用や、伝統的なものと現代的なもの、新しいものと古いものの関係、それらの境界線について考えさせられました。この作品では、ふたつのもののあいだに生じる調和だけでなく、そこから生まれる対立も描かれます。欲深さと権力というこの作品のテーマ、とくに古い世代と新しい世代が対立して暴力の悪循環に陥り、そこから逃れられないでいるという描写に、レバノンを苦しめ続けている紛争のことを考えずにはいられませんでした。レバノン国内の対立は古い世代から新しい世代へと引き継がれているのです。

猶彦は、年老いて権力の座を追われた王を象徴するみすぼらしい衣装でリアを演じました。抑制された所作で、苦悩する王を演じ切ったのですが、一見するとわずかな動きでも、そのなかにものすごいエネルギーと緊張が隠されていることにわたしは気づきました。世阿弥は老人を演じる際は、外見をまねようとしても意味がなく、真の技術とは、内側、つまり、役者の心からにじみ出るものだとしました[18]。作家のアナスタシア・エドワーズによるインタビューで、猶彦はそのことについて説明しています。「能では感情を表に出すことはありませんが、内面では、ごく普通の気持ちから絶望まで、さまざまな気持ちを感じていなければならないのです」。

『リア』で主役を務める猶彦が、その才能を大勢の観客の前で披露している姿に、わたしは誇らしさを感じました。観客の多くは、舞台の豪華さと、ステージ上にさまざまな言語と芸術表現が混在して、たがいに補い合っている様子に圧倒されていました。ある批評家は次のように評しています。「多様な要素が溶け合い、全体としてひとつの素晴らしい作品が出来上がっている。不思議なことに、シェイクスピアを下敷きにしたこの前衛的な劇には人の心を揺さぶる何かがある。リアのもとに次女の遺体が戻る場面など、重苦しく、言葉にならない。それでいて、ひどく感動的だ(19)」。

2015年，パリ市立劇場で上演された『Lear Dreaming』

二〇一二年、オン・ケンセンはふたたび『リア王』をもとにして、『Lear Dreaming（リアの夢）』という作品をプロデュースしますが、猶彦はこの作品にも出演しています。前作『リア』の出演者は二八名でしたが、この作品に登場するのは九名です。中国琵琶のウー・マン、韓国宮廷声楽の歌い手、カン・クォンスン、電子音楽の演奏家、山中徹などが出演しました。シンガポール国際芸術祭参加作品である『Lear Dreaming』は、インドネシア語、日本語、中国語、韓国語で演じられ、英語字幕がつけられました。

この作品では演出に最新テクノロジーが取り入れられま

した。そのひとつ、レーザー光線を使って投影が行われました。あちこちから照射されるレーザー光線のなかで演じるのは、猶彦にとってはじめての経験でした。娘に裏切られたリアが身を沈める海が、レーザー光線によって象徴的に表現されました。新しい技術ではあっても、それによって人間の苦悩の哀切な美を表現することで、世阿弥の「幽玄」を伝えているとわたしは思いました。

シンガポール公演には娘のソラヤと息子の猶巴も同行したのですが、ふたりともとても楽しんでいました。猶彦は当時九〇歳だった母親のロザも招待しました。身体が弱くなっていたロザには、家族の手助けが必要でした。なにくれとなく世話をされつつ、息子の海外公演に同行してうれしそうにしている義母の姿が印象的でした。

それから三年後の二〇一五年六月に『Lear Dreaming』はパリ市立劇場で演じられました。わたしはその公演に、妹のポリーヌ、ヴォルフガングおじさん、いとこのジュマナ、以前東京に住んでいた友人を招きました。ほかにも友人が二人、わざわざデンマークから駆けつけてくれました。こういう再会はいつでもうれしいものです。

悲しいことに、それから数か月後、パリは一変しました。二〇一五年一一月一三日、パリで同時多発テロ事件が発生して、一三〇名が死亡、五〇〇名近くが負傷したのです。突発的にはじまる戦争に慣れっこになっているとはいえ、この事件をきっかけに、わたしは人の命のはかなさや、いたるところで当然のように信じられている安全神話について考えずにはいられませんでした。

その翌月、猶彦はパリ日本文化会館で創作能『オンディーヌ』※を演じることになっていました。『オンディーヌ』は、とくに夜間眠っているあいだに呼吸が止まる、睡眠時無呼吸症候群に着想を得た作品です。このとき、猶彦たちはパリ行きに不安を覚えました。猶彦に同行するつもりでいた弟子たちも同じです。結局、弟子の多くはフライトをキャンセルしました。パリに向かう飛行機の機内はがらがらでした。さいわい、公演の出足にテロ事件の影響はなく、わたしたちは満員御礼の歓迎を受けました。公演はフランス人に好意的に受け止められ、評価されました。フランスではオペラやバレエで『オンディーヌ』※※が演じられてきた長い歴史があるので、観客には馴染みのある題材だったのです。

※作者は呼吸生理学が専門の本間生夫医師です。彼が研究している呼吸が止まる疾患、中枢性無呼吸症候群は、別名「オンディーヌの呪い」と呼ばれています。本間医師は、脳のなかで情動にかかわる海馬のニューロンが、呼吸リズムにより活性化することをつきとめました。

※※『オンディーヌ』はもともとドイツの民間伝承の物語でした。一八一一年にフリードリヒ・ド・ラ・

モット・フーケがはじめて小説として発表しました。水の精オンディーヌの悲劇の物語を通して愛の本質や人間性が描かれています。一九三九年にフランスの外交官で戯曲作家のジャン・ジロドゥがこの小説をもとに戯曲化しました。

『イタリアンレストラン』2009年,
レバノン・アメリカン大学(撮影:
ハーリド・アイヤド)

猶彦の前衛演劇

古くから続く能に現代的要素を取り入れて新境地の開拓を目指そうと、猶彦は自分でも前衛的な劇を制作するようになりました。猶彦作の、能を取り入れた現代劇、『イタリアンレストラン』では、生と死の境にいる存在が若い女性に恋をします。ふたりはお気に入りのイタリアンレストランでデートを重ねるのですが、劇の最後で、その店は何年も前に火災で焼失していたということがわかります。そもそも、ふたりは最初から存在していたのかという疑問を残して、劇は幕を閉じます。

『イタリアンレストラン』の主人公、生と死の境にいる存在は猶彦が演じることが多いのですが、わたしはこの主人公が性別やステレオタイプの境界線を曖昧にする点が気に入っています。というのも、主人公はスーツを着ていますがネクタイはピンクで、顔には嫉妬に狂う女の幽鬼を表す般若の面をつけています。般若の面は、怒り、嫉妬、苦悶を表すのですが、主人公は傷つきやすく、ロマンチックな存在として描かれます。『イタリアンレストラン』は横浜のBankARTで演劇を学ぶ学生によって演じられました。その後、レバノン、フィリピン、トルコ、イタリアなどの大学でも上演されました。トルコのアンカラ・オペラハウス※やマレーシアのペナンで開催されたジョージタウンフェスティバルにも招待されています。

※日本・トルコ友好一二〇周年記念の一環として上演されました。

どの公演も楽しいものでしたが、猶彦がレバノンで監督した三公演はとりわけ心に残りました。レバノンでは、学生も含んだレバノン人俳優によって、アラビア語で上演されました。感情表現豊かなアラビア語が、わたしのなかの日本的なものとレバノン的なものを結びつけてくれました。猶彦が創造性を発揮して作品の演出に専念するいっぽうで、わたしはこのようなコラボレーションに積極的な会場や機関を探し、公演を実現させるために奔走しました。

コンタクトを取ったり、コラボレーションの話を持ち掛けたりする相手を選ぶのがうまくいかないこともありました。当初、わたしはある演劇学の教授に話を持ち掛けたのですが、ちょうど彼女は多忙を極めていて、学生のために能のワークショップを開催する余裕がありませんでした。ところが、彼女の同僚が話に乗ってくれて、ワークショップを開催し、自分の学生だけでなく、他の学生も参加できるようにしてくれたのです。公演終了後、レバノン・アメリカン大学のモナ・クニオ教授に言われました。「たった二週間の稽古で、これほどレベルの高い舞台に仕上げるだなんて、想像すらできません。わたしだったら、三か月はかかったでしょう」。

ところで、『イタリアンレストラン』公演の当日、レバノン人俳優がひとりリハーサルに遅刻しました。そのため、猶彦は開演時間になっても劇をはじめようとはしませんでした。客席が満席になっているのにおかまいなしで、役者たちに覚悟の大切さを問いたかったのです。猶彦は予算不足のせいで妥協を強いられることも多々ありますが、それでも、彼にとっては自分が作り出す芸術に敬意が払われるのは、何よりも大切なことです。そのため、役者にも、彼の作品への献身とそれにかける時間を大切にするよう求めます。さいわい、観客は能を取り入れた劇の幕が上がるのを辛抱強く待っていてくれました。終演後、何人もの観客がわたしに話しかけ、風変わりな芝居だったが楽しめたと感想を伝えてくれました。

猶彦の現代劇の上演は、偶然の出会いや会話がきっかけとなって実現することもあります(もちろん、上演の実現を目指す決意の固さも必要ですが)。古くからの友人との何気ない会話が長期プロジェクトの発端となり、猶彦にとって転機となることも少なくないので、驚いています。二〇〇四年、わたしは東京大学時代の友人、シンシア・ザヤスに会いにフィリピンのマニラを訪れたのですが、そのとき彼女に猶彦がシテを演じる『高山右近』の公演開催をぜひ支援したいと言われたのです。一六一四年に国外追放となり、マニラに逃れたキリシタン大名、高山右近の一生を描いた作品なのでうれしいお話でした。

フィリピン大学でディリマン校国際研究センター長を務めていたシンシアは、日本の演劇が専門の同僚を紹介してくれました。ほどなくして、その同僚が所属する学部から猶彦のもとに、フィリピン大学で能のデモンストレーションとワークショップを行うよう依頼が舞い込んだのです。能を熱心に学ぶフィリピンの学生の態度は、猶彦にとっては新鮮な驚きでした。彼はフィリピン大学で一〇年以上にわたって学生と新しい劇を作ったり、演劇指導を行ったりしました。そして、ついにはフィリピン大学の客員教授に任命されたのです。

3 「彼女がわたしの上司です」

能に反映されるわたしの声

猶彦が出演する公演のプロデュースを任されると、わたしは張り切ります。猶彦は控えめで内向的な性格なので、近寄りがたく、悪く言えばとっつきにくい人だと思われることがあるのです。そのこともあってか、猶彦によるデモンストレーション付きレクチャー開催やコラボレーションの打診が猶彦を通すことが少なく、むしろわたしのほうに来ることが多いのです。

猶彦はこの状況をおもしろがって茶化すことがあります。外国人に自己紹介するときに、「わたしはマドレーヌの夫です。彼女がわたしの上司です」と言ったりするのです。それで、あるとき能の愛好家の、ある外交官がわたしに向かって、「あなたが上司なのですね？　それでは、あの能のお師匠さまに、公式訪問時のプライベートな集まりで能を披露していただけるよう、手配をお願いしますよ」と言ったときなど、わたしはおかしくてたまりませんでした。

猶彦と劇場、大使館、大学とのあいだの意思疎通を円滑に橋渡しをすることで、わたしは自分もチームの一員なのだという気分を味わっています。

とはいえ、猶彦と意見が合わないことも日常茶飯事です。以前、駐日トルコ大使から、アンカラで行われる「二〇一〇年トルコにおける日本年」のオープニングセレモニーでお祝いの舞をとの依頼があったときのことです。そういう場であれば、わたしは古典的な仕舞こそふさわしいと思ったのですが、猶彦は前衛的な能舞をやりたがったので、彼の自由な創造性を尊重して、それを受け入れるしかありませんでした。能を後世に残すために、現代的な要素を取り入れ、能が観客にとって身近な存在になるよう努力を重ねる猶彦のことをわたしは尊敬しています。それでも、とくに外国人のような、はじめて能を鑑賞する観客には、古典的な仕舞のほうが能の美意識がよく伝わると思うのです。結局、さいわいこのとき観客はお祝いにふさわしい、ダイナミックな舞を堪能していましたが。

これまでに何度も能のデモンストレーション付きレクチャーを開催してきた経験から、わたしはとくに能のレクチャーにはじめて参加する観客がどんなことを体験したがっているのかが手に取るようにわかり、彼らのニーズを汲み取ることができます。このため、わたしたちが開催するレクチャーはいつも盛況です。日本人や外国人の参加者からは、「今、能が関心を集めていて、能についてもっと知りたいと思っている人が大勢います」、「わたしは日本にずっと住んでいるのですが、このレクチャーのおかげで能に興味を持つことができ、新しい世界が開けました」、「日本文化の新しい一面を発見できるのでわくわくします。それに、何より楽しい経験でした」など、さまざまな感想が寄せられます。

猶彦が海外公演を行う際、わたしはたいてい上演ペースを速めて能を演じるよう勧めます。それが一番お客様に楽しんでもらえると思うからです。でも、わたしの意見がまったく通らないことがあります。そんなとき、猶彦はなぜわたしのことを信頼してくれないのかと、不満を感じます。おそらく、猶彦は内心、舞台のことは自分にしかわからないと思っているでしょうし、プライドも高いのです。自分の創造的エネルギーは自分だけのものだと思いたがる、芸術家特有のプライドがあるのでしょう。妻のサポートを受け入れれば、自分の作品の創造的な方向性を決める決定権がおびやかされると恐れているのかもしれません。とはいえ、猶彦が配役や演出のことでわたしの意見を尊重してくれると、わたしはとてもうれしくなります。

例えば、二〇〇七年に光学機器メーカーのオリンパス株式会社※の協力のもと、岩渕潤子教授の紹介で、慶應大学デジタルメディア・コンテンツ統合研究機構が短編映像作品『Birthday Cake』を制作することになりました。この作品の監督を務めることになった猶彦に、わたしは息子の猶巴を出演させてはどうかと提案したのです。最初、彼は首を縦に振りませんでしたが、最後には折れました。猶巴は作品の主人公である、若い男性患者を好演しました。彼は精神病棟に閉じ込められているのですが、そこからの脱出を夢見ています。自由を希求する人間の姿が象徴的に描かれます。その若者の魂を演じる猶彦は、ワーグナーの《トリスタンとイゾルデ》前奏曲に合わせて、短い能を舞います。

※当時は最先端のオリンパス4Kレンズを用いて撮影が行われました。

猶彦は、わが子には自分のように制度的な能の世界で苦労してほしくないと考えていることもあって、子どもたちを能以外の公演であっても出演させるのを渋ります。ですが、かえって子どもたちと一緒に舞台に立ったほうが、猶彦も能を広めやすくなるのではないかと、わたしは考えています。あるとき、わたしが大好きな作品がレバノンで演じられることになったのですが、その作品にソラヤと猶巴を出演させることを猶彦が承諾してくれたときは、舞い上がりました。※

※上演当日は偶然にも、四年に一度しか来ないわたしの「誕生日」、二月二九日でした。

その作品、『King Lear and the Death of a Pianist(リア王とピアニストの死)』は、二〇一六年に開催されたアルブスタン国際音楽演劇フェスティバルのために猶彦が制作した不条理劇です。シェイクスピア没後四〇〇年を記念してレバノンで演じられました。共演者には、有名なピアニストで、わたしたちの長年の友人、エリック・フェラン＝エンカワとレバノン人女優、アン・マリー・サラーマを迎えました（アン・マリーはレバノン・アメリカン大学で二〇〇九年に上演された『イタリアンレストラン』で主役を務めています）。

フェスティバルの責任者、マダム・ミルナ・ブスターニは、ベイルートを望むベイト・メリーという町にある素晴らしいホテルの劇場に世界じゅうから演奏者や役者を集めました。丘の上に建つ劇場からは、ベイルートが見渡せます。マダム・ブスターニは猶彦が出演した『Lear Dreaming』をパリで観て感銘を受け、このフェスティバルに能を取り入れた現代劇を招待することにしたのです。わたしにとっては、自分の母国でソラヤと猶巴が父親の猶彦とともに舞台に立ち、才能を披露するというのは意義深いことでした。レバノンの家族や親戚に、たとえつかの間でも、わたしが長年携わってきた伝統芸能に触れてほしいと心から願いました。

このとき、ソラヤと猶巴の稽古は東京で猶彦が行いましたが、他のキャストとのリハーサルはたった三日間しかありませんでした。劇の幕が開く直前まで、脚本や使用される楽曲に変更が加えられました。関係者全員の才能、技術、情熱が合わさって奇跡を起こし、その舞台は素晴らしいものになりました。ソラヤはリア王の末娘、コーディリアをエキゾチックに演じました。ノースリーブの白いウェディングドレスに、腕には白いロンググローブといういでたちで、能の古典的演目、『羽衣』の天女のように頭には天冠《てんがん》を載せていました（その天冠の先には鏡がついていました）。従者と次女のリーガンを演じた猶巴も、能では侍役が着る立派な直垂《ひたたれ》を身にまとい、堂々と演じていました。能の所作に従い、舞台上で足を滑らせるように運ぶふたりの姿は、それは優雅でした。

ピアニストの伴奏に合わせて演じるのは、ソラヤと猶巴にとってはじめての経験です。エリックの奏でる音楽は、バッハから、ラヴェル、ワーグナー、アルバン・ベルク、ガーシュウィンまで多彩でした。なかでもとくに、リアが娘のコーディリアを失う悲劇的場面で流れるモーツァルトの《ピアノ協奏曲第二三番イ長調K.四八八》は胸に迫りました。猶彦は娘の血で染まったウェディングドレスを抱きかかえながら舞い、その後悲しみに暮れてベッドに倒れ込むリア王の姿を見事に演じ切りました。

わたしの友人や親戚たちをはじめ、客席のレバノン人観客の多くが、猶彦、ソラヤ、猶巴の所作が抑制され、様式化されたものであることに驚いていました。終演後、多くの讃辞が寄せられましたが、果たして能の美意識の本質が観客に伝わったかどうかはわかりません。それでも、マダム・ブスターニはレバノン人と日本人が結婚してできた家族が日本の伝統芸能を舞台で演じ、観客に能の世界を垣間見せることができて、とても満足していました。

ミラノ・スカラ座の東京公演での著者と猶彦．猶彦は海外でもしばしば袴を着用する

努力が報われるとき

わたしたちの国際結婚の行く末を心配する人は日本人ばかりではありませんでした。日本人との結婚は苦労が多いのではないかと、レバノン人や外国人からも聞かれることがあります。そういう質問をされると、わたしたちの夫婦関係を振り返るよいきっかけになります。ふたりの文化的バックグラウンドは対極にあります。地中海人は喜怒哀楽の表現が豊かで、日本人はおとなしい民族だと考えられています。友人から、猶彦の超然とした態度や、真剣で厳格な雰囲気が苦手で、話しかけづらいと言われることがあります。ですが、彼らがひとたび打ち解けて、猶彦が心を開けば、友人たちにも彼のウィットだとか、ユーモアのセンスを理解してもらえるのです。一般的に、権威的な古典芸能の世界に生きる能楽師は「お高くとまっている」というイメージがあるので、そうやって打ち解けてもらえると、わたしもほっとします。

伝統を重んじる能の世界では、重々しい威厳を示すことが求められ、それはその世界特有の上下関係にも反映されています。興味深いことに、これは日本人一般の持つ「謙虚さ」とは相反するものです。「お高くとまった能楽師」というイメージは、自分の世界にばかり閉じこもって、外部と交流しない関係者の姿勢から生まれたものかもしれません。そんな能の世界で猶彦は長年外の世界にも目を向けてきました。英語が話せるということも大きいでしょうが、国内外で積極的に外国人と交流を続けてきたのです。

わたしが裏方として能を支えていることに、猶彦は感謝しているか、ということもよく聞かれます。猶彦は直接感謝を口にすることはあまりありません。でも、彼なりのやり方で気持ちを伝えてくれています。毎日二〇分かけて、わたしのために新鮮な野菜ジュースをつくってくれますし、お金に余裕のあるときはわたしをよろこばせるためにプレゼントも贈ってくれます。昔、彼がわたしに書いてくれたほほえましいバースデーカード「ぼくの人生が終わるそのときまで、君にそばにいてほしい。性格のよくないところは直すようにします」は大事にとってあります。

猶彦が感謝の気持ちを表立って伝えられないのは、感情を外に出すのは自分の弱さを認めることだと思っているからでしょう。世阿弥の教えの影響もあるのかもしれません。世阿弥は舞台上で、とくに顔に感情を出してはいけないと説いています。それで猶彦の場合、妻にも感情を見せないのです。現代劇、『The Coffee Shop within the Play』を評したビーノ・ガンバは次のように書いています。「能でそうするように、梅若猶彦は直接的な表現を何とかして排除しようとしている。表面上の余分な部分はすべてそぎ落とし、その分を内面に向けるのだ[20]」。

とはいえ、わたしは日本人ならではの気質のせいで苦労しているわけではないのです。むしろ、やっかいなのは表現者特有の気質だと思っています。それは、絶対的な自由と自立を求めたかと思うと、その対極にある注目を浴びることも求めるような、振れ幅の大きなものです。普段、猶彦は自分だけの深遠な世界に閉じこもっていて、そこから出てきません。彼の独特の精神状態は、『イタリアンレストラン』の登場人物のセリフによく表されています。「僕は能楽師でして、能を五〇年以上やってくるなか、ある日、能の持つ様式が僕の生活を蝕み始めたのです。(中略)こうして僕は様式と日常生活の間に挟まって、つまりフィクションとノンフィクションの狭間《はざま》に僕は立つことになります。また時として両方が同時に僕を蝕むこともある」。

何はともあれ、わたしがこれまで目指してきたのは、「能の愛好家を増やすこと」でした。能を外国人に紹介するだけでなく、能に関心のなかった日本人から、自国の文化を再発見するきっかけを与えてくれてありがとうと感謝されると、やりがいを感じます。わたしに寄せられた、一〇〇通以上の感謝の手紙が手元に残っています。その一部をご紹介しましょう。

外国のお客様から
「わたしたちはもうすぐ日本を離れますが、その前に、あなたが素晴らしい経験と思い出を与えてくれたことに、心からの感謝を伝えたいと思います。それは日本で得た、素晴らしい宝物です。能のような芸術は、その国の文化を豊かにするだけでなく、世界じゅうの人の心を豊かにしてくれるものですね」。
「九年間の日本滞在中に出会った演劇作品のなかでも『リア』の素晴らしさは群を抜いています」。
「もちろん、わたしは日本語がわかりません。それでも、衣装、様式、サウンド、楽曲、セリフ、動き、色彩、ドラマのすべてが詰まった舞台を心から楽しむことができました」。
日本人のお客様から
「能楽と日本の将来にとって、とても大切なお仕事をされていますね」。
「能の雰囲気が大好きになりました。あなた方が能を通して全体性と勇敢さを表現していることに敬意を表します。詞章を印刷したものが配布されたので、わかりやすかったです」。

「能を鑑賞するのははじめてでしたが、『朝長』でじっと動かずにいるご主人の並外れた集中力が印象的でした。ソラヤさんの演技も素晴らしかったです。おかげで、わたしたちはふたりともすっかり能のファンになってしまいました」。

昔から贔屓にしてくださっているお客様からは、猶彦の公演には多様な観客が集まるのが印象的だという声も寄せられています。メディアで取り上げられることも含めて、こうやってわたしの仕事が認められると、長年頑張ってきて、ようやく努力が報われたという気持ちになるのです。

エピローグ

レバノンと日本で母と共に暮らす

レバノンのカフェでソラヤとトモと一緒の母

テータ（おばあちゃん）

わたしの母は、ソラヤとトモから親しみを込めて「テータ（おばあちゃん）※」と呼ばれているのですが、彼女は内戦が終結しても、家を失うのではないかといつも心配していました。一九七六年から一九七七年にかけて家族で戦火を逃れて日本に避難している最中に西ベイルートの家を他人に奪われた経験から、そういう不安を抱くようになったのです。彼女は長期間自宅を留守にするのをいやがりましたが、二度だけ例外がありました。一九八三年から一九八六年にかけてわたしが出産した際に、わたしを助けるためにそれぞれ三か月間来日してくれたのです。

※「テータ（Teita）」とは、アラビア語で「おばあちゃん」という意味があります。

ソラヤとトモが生まれてからは、とくにレバノン情勢が比較的落ち着いている時期は、子どもたちをテータに会わせるために夏に訪問することにしていました。まだ二歳前と思われるソラヤとにこやかに笑う兵士が戦車の上でポーズを取っている写真が手元に残っています。子どもたちがわたしの母国の文化に触れ、その美しさも欠点も自分の目で見ることが大切だとわたしは考えていました。弾痕だらけの建物や、砲撃を受けてがれきと化した建物を見て、ふたりはショックを受けていましたが、そのような建物の一部は保存されて、現在では戦争記念館になっています。水不足や停電も彼らにははじめての経験でした。ふたりとも戸惑っていましたが、親族の温かさと愛情が不安な気持ちを和らげてくれました。それに、レバノンの夏は特別です。普段は海外に離散して暮らすレバノン人が戻ってきて再会を果たすので、街がにぎやかになります。まるで、活気あふれるコスモポリタン都市だった戦前のベイルートが戻ってきたかのようです。

母はわたしたちの顔を見ると、いつもよろこんでくれました。離れていた時間を取り戻すかのように、わたしたちは一緒に映画を観に行ったり、ローズウォーターやピスタチオアイスを買いに出かけたりしました。暑さをしのぐために、母は上機嫌で自動車を運転して、海水浴ができる海沿いのリゾートや、絶景を堪能できる山岳地帯に連れていってくれました。子どもたちにはにっこりほほえんで、「何をつくってほしいの？」と尋ね、毎回美味しい食事を用意し

1984年レバノン．気さくな兵士たちと戦車上のソラヤ

てくれました。母の家のバルコニーで、友達や近所の人と一緒にささやかなバーベキューをして、八月生まれのソラヤの誕生日を祝いました。母がまだ健康で活力にあふれていた時代の忘れがたい思い出です。ソラヤとトモはよく、「他のどんなところよりも、レバノンはバケーションを過ごすには最高の場所だね」と言っていました。わたしたちがレバノンでそのような楽しい時間を過ごせたのも、テータのおかげなのです。

母の病気のはじまり

人間は日々生きていくうえで、過去のいやな出来事は忘れてしまいがちです。戦争時代の記憶ですら例外ではありません。だからこそ、やっと平和になったと思っていたのに紛争が再燃すると、国内情勢の不安定さを痛感させられるのです。二〇〇六年の夏、レバノンは騒然としました。イスラエルとイスラム教シーア派武装組織ヒズボラとのあいだの武力衝突が三四日間続き、村々や都市が破壊され、国内の主要インフラは麻痺しました。この紛争によって、平和が当たり前ではないということが、またしても証明されたのです。紛争再燃のせいで、その夏一緒に過ごすことを楽しみにしていたわたしと母は悲しい思いを味わいました。猶彦がカルタゴ国際演劇祭で『ハンニバル』に出演していたので、そのときわたしはちょうどチュニジアに滞在中だったのです。レバノンのすぐ近くにいるというのに、予定通りに母と会うことはできませんでした。※この紛争が母には打撃となったようで、その直後に、彼女は体調を崩しがちになりました。そのころ、母の家で住み込みの家政婦として働いていたスリランカ女性がレバノンからの出国を余儀なくされました。レバノン情勢が不安定になったので、各国の大使館が自国民を帰国させていたのです。彼女を気に入っていた母の落胆はかなり大きなものでした。わたしたち家族が新たに家政婦を雇うよう言っても、母は聞き入れませんでした。※※当時母はまだ教会の活動にかかわっていましたし、友達と一緒に過ごすことも多かったので、わたしたちも新しい人を雇うようそこまで強くは勧めませんでした。

※わたしだけでなく、世界じゅうのレバノン人がこの紛争再燃に落胆しました。多くのレバノン人が母国のこれからに期待しはじめたところだったのです。当時、内戦が終結したレバノンはようやく平常に復しつつありました。

※※このとき母は、いずれ自分のもとから去ってしまう人を好きになるのはもうこりごりだと思っていたのかもしれません。もしくは、まだひとり暮らしができるのだと、自分自身にも周囲にも証明したかったのかもしれません。

二〇〇八年一〇月、わたしの二か月間のレバノン滞在も終わりにさしかかったころ、母は軽い交通事故を起こしました。自動車を運転中にダッシュボードから落ちた薬の処方箋を拾おうとして、樹木と衝突したのです。このときはさいわい、けがはありませんでしたが、医師からこれ以上自動車を運転しないようにと忠告されました。そのように制限されたせいで、状況はいっそうややこしくなりました。母の住まいはベイルート郊外の住宅地の丘の上にありました。自動車がなければ外出もままなりません。八四歳にして徐々に自立を奪われ、ひとりぼっちだと感じた母はやがてふさぎ込むようになりました。四人の子どもは全員海外にいました。母はかつてないほどの孤独を感じていたことでしょう。

母には何人か友達がいたとはいえ、家族全員が母のことを心配しました。一一月のある日、わたしたちがもっとも恐れていたことが現実となりました。母が電話に出なくなったのです。以前から母の家の鍵を預かっていたアマルが心配して家に様子を見に行ってくれました。そして、床に倒れている母を見つけたのです。すぐに救急車が呼ばれ、母は病院に搬送されました。わたしがようやく母と話せるようになると、看護師に「ぶたれる」ので、迎えに来てほしいと言われ、びっくりしました。悲しみに沈んでいた母には幻覚が見えるようになり、被害妄想を抱くようになっていたのです。明らかに投薬による治療が必要な状態です。三日間にわたる精密検査を経て、神経科医は母の症状がてんかんとアルツハイマー病によるものだと診断しました。家族全員にとってまさに青天の霹靂でした。

わたしが何とか日本での用事を片付けてレバノンに戻るまで、アマルは親切にもテータを自分の家で預かってくれました。わたしが迎えに行くと、母は安心して自宅に戻ることができました。それでも、あんなに生き生きとして快活だった母が、病気になって暗く沈んでいる様子を目の当たりにして、わたしはその突然の変化をなかなか受け入れることができませんでした。医師の下した診断が間違いでありますようにと願い、著名な神経科医にセカンドオピニオンを求めました。母を診察した医師は、母が問題なく人と会話できることを指摘して、アルツハイマー病ではないとしました。彼の下した診断は「前頭側頭型認知症」でした。これは主に脳の前頭葉と側頭葉が影響を受けるめずらしい病気です。一般的にそれらの領域は人間の性格や行動を司ります。それで母の変化が説明できます。母はベッドから出たがらず、衛生状態も気にしなくなりました。人づきあいを避け、気に入らない人のことを否定的に考えるようになり、フラストレーションを覚えるようになりました。恐怖や不安といった感情がひきがねとなって、気分がころころ変わりました。母は自分の身に起こっていることが恐ろしくてたまらず、夜中に目を覚ますので、日中は寝てばかりいました。

前頭側頭型認知症患者の介護は二四時間体制です。患者の性格は以前とはすっかり変わっており、問題行動を起こし、夜も眠れないので、介護は困難でストレスの多いものになります。

日本とはちがい、レバノンでは自宅で家族が介護している高齢者への公的支援はありません。家族が責任を持って介護するものだと考えられているのです。高齢者を介護施設に入れるという選択肢もないわけではありませんが、タブーにも等しいことです。施設に入れるということは、家族を「厄介払いする」ようなものだと考えるレバノン人は多いのです。わたしたちきょうだいは母を介護施設に預けるという考えに後ろめたさを覚えました。研究によれば、認知機能の低下により孤独感を抱くようになるので、入居者がコミュニティ意識を持てる、環境の整った介護施設で暮らすことは高齢者にとって有益だとされているにもかかわらずです。

母に日本に来てもらい、姉のマリーローズやわたしと一緒に過ごせるようにしたほうがいいのか、わたしは医師に聞いてみました。すると、母はレバノンでの暮らしに慣れているので、変化を与えるのはよくないという答えが返ってきました。「日本に行けば、お母さんはもっと混乱することになりますよ」と言われました。それでひとまず母はレバノンでそのまま暮らすことになったのです。わたしはレバノンで長期滞在するたびに、母と一緒に過ごしました。母はこれまでわたしたちきょうだいに多くのことをしてくれました。だから、母が困難に直面しているときに、せめてそばにいてあげたいと思ったのです。わたしの子どもたちはもう大きくなっていましたし、夫はわたしの置かれた状況に理解がありました。

わたしと暮らすようになったので、テータは料理に意欲を見せるようになり、以前よりも規則的に食事をとるようになりました。そのおかげで身体の力強さが少し戻りました。一部の親戚や友達とは徐々に疎遠になったので、母は気落ちしました。当時の母は同じことばかり繰り返ししゃべるので、意味のある会話が成立せず、コミュニケーションが取りづらい状態でした。彼らの足が遠のいたのはそのためでしょう。さいわい、母の様子を定期的に見に来てくれる友人がまだ何人かいました。ところが、時が経ち、病気が進行するにつれて、母は物忘れが激しくなりました。そして、そんな状態にいら立っていました。あるとき、わたしが帰宅すると、窓から煙が出ていたので、びっくりしました。上階に住む人が、母の返事がないので玄関ドアをこじ開けました。母は何かをコンロにかけっぱなしにしていたのです。キッチンの壁は煙で煤けて真っ黒になっていました。※母と近所の人に危険が及ばず、被害が最小限に抑えられたので、わたしはほっとしました。ですが、もうこれ以上母をひとりにはしておけないという悲しい事実に直面しなければなりませんでした。

※レバノンではまだ充填式ガスボンベが使われています。このときさいわいガス容器は爆発しませんでした。そうなっていたら建物全体に被害が及んだかもしれません。

母はいくら言っても聞き入れようとはしませんでしたが、そのときわたしは新しい家政婦を雇うしかないと思いました。わたしが母の意に反して家政婦を雇うことにしたので、母は機嫌を損ねました。これ以上ひとり暮らしはできないという現実が受け入れがたかったのでしょう。母は父が死んでから結局三〇年もひとりで暮らし続けたのです。それもあって、自分の生活ぐらい自分で管理したかったのです。彼女の気持ちもわからないわけではありませんでしたが、わたしは母自身と近所の人が安全に暮らせるように配慮しなければなりませんでした。

母の友人のアリスが、当時の雇い主に不満を持っていた、マダガスカル出身の家政婦、ズーズーを紹介してくれました。彼女との面会や、雇用に当たっての膨大な量の手続きを、アリスの息子のセトが助けてくれました。ズーズーはフランス語が話せたので、母とも容易にコミュニケーションをとることができました。ですが、最初母はズーズーのことがどうしても受け入れられませんでした。彼女は母と同じように気が強かったので、衝突することもありました。でも、そのうちズーズーが役に立つだけでなく、信頼が置けて、頭もいいということがわかり、母は彼女を見直すようになったのです。母の状態や、当初の拒絶にもかかわらず、母の愛情はしっかりズーズーに伝わりました。やがてふたりは仲良くなり、ズーズーは母のことを「マミー」[※]と呼ぶまでになったのです。

※「マミー(Mamie)」とは、フランス語で「おばあちゃん」という意味です。このときズーズーは三〇代

でした。

レバノンでの生活

ベイルートは東京とはまったくちがいます。ベイルートでは内戦のせいで社会インフラが機能不全に陥っているのを目の当たりにして、わたしは悲しくなりました。停電、水不足、公共交通機関の少なさは日常茶飯事でした。悲惨な交通事故につながることも多い、自動車の危険運転があちこちで見られました。ドライバーの気の短さや不満を表すクラクションの音があたりの空気を引き裂きます。公共交通機関が頼りにならないので、レバノンでは家族ひとりひとりが自分の車を持っていることもめずらしくありません。それもあって、ベイルートではいつまでも交通渋滞がなくならないのです。

そういうことのすべてが、わたしに東京のよさを実感させました。一三〇〇万人もの人口を抱えているというのに、東京では秩序が保たれ、人々はそれぞれ自分のことに集中しています。じろじろ見られたり、ヤジを飛ばされたりしません(少なくとも、ベイルートほどには)。他にもわたしが日本で素晴らしいと思うのは、安全で落ち着いた雰囲気や高度なサービス文化、先進的な交通システムなどです。おいしい食事や文化があること、それに温泉など、その他の娯楽も忘れてはいけません。

わたしはベイルート滞在中は問題解決に奔走しました。発電機を直したり、貯水槽を一杯にしたり、他にも多くのことをこなしました。友達と顔を合わせると、知恵を絞った問題解決の方法がよく話題にのぼりました。その他に、インフレや発電機にかかる費用、他の心配事も話し合われました。

レバノンの自宅のバルコニーからの景色.
遠くに地中海が見える

わたしは気分転換に山歩きの会に参加して、登山をするようになりました。それまで知らなかった、美しい自然スポットを発見すると気分が晴れました。登山は母の介護のストレス解消になり、新しい友達をつくるきっかけにもなりました。わたしが家族と離れて暮らしているのを心配した近所の人たちが助けてくれることもありました。そのひとり、ラウラは自分が通っているジムにわたしを誘ってくれました。ジム通いも心のバランスを保つのに役立ちました。ストレッチ体操のクラスは心と身体、どちらにも効果抜群でした。先生が来る前に生徒が教室に揃っていて、わたしが授業開始時間ギリギりに入室しようものなら眉をひそめられる日本とはちがい、そのジムではクラスが終わる直前にやって来る女性がいても皆に歓迎されるので、おもしろいと思いました。クラスの終了後にジム仲間とコーヒーを飲む習慣ができましたが、まるでセラピーを受けているみたいでした。女性陣が夫や家族、政治情勢について、あけすけに言い合う様子は新鮮でした。そこでは自分が何か変なことを言っているのではないか、つねに考える必要もなく、ありのままの自分でいられました。ジム仲間は母のことも気にかけてくれました。評判のいい医者を教えてくれたり、わたしが日本に一時帰国しなければならないときは、母を助けることを申し出てくれたりしました。とはいえ、わたしはレバノンに戻るたびに日本が恋しくなります。そして、日本にいるときはその逆です。まさに、「隣の芝生は青く見える」のです。

レバノンのアートシーン

レバノンでの滞在が長引くにつれて、夫や子どもたちの文化活動にかかわれないことがもどかしく感じられるようになり、文化的にも社会的にも活気あふれる東京が恋しくなりました。わたしがレバノン滞在中に猶彦と子どもたちが二度、テータに会いに来てくれたのでありがたかったです。彼らがレバノンにいるあいだに、わたしは張り切って猶彦による能の上演とワークショップを手配しました。さらに、二〇〇九年にソラヤがテータの家で一年以上暮らすことになったので、とてもうれしく思いました。彼女は母の年齢と病状を考え、母が記憶をなくしてしまう前に一緒に過ごしたいと思ったのです。そして、その機会に、レバノンの活発なアートシーンを取り上げるドキュメンタリー作品を撮影することにしました。わたしは母の介護のかたわら、このプロジェクトにふさわしいアーティストを探し、ソラヤと一緒にリサーチを楽しみました。この作業を通して、アーティストの個人的な物語や、創造活動の歩みを知ることができました。テータも孫の優しい気持ちをよろこんでくれました。そして、わたしが忙しく動き回る様子に満足そうでした。母はつねに他人のことを考える人なので、自分のせいで娘が家族や仕事から引き離されていることに心苦しさを感じていたのです。そんなとき、わたしがソラヤと一緒に生産的な活動をするようになったので、ほっとしたのでしょう。

ソラヤがインタビューを行うアーティストを絞り込み、相手のことをよく知るのに一〇か月かかりました。彼女が注目したのは、アートを通じてレバノンの宗派間対立を批判している、さまざまな背景、分野、年齢のクリエイターたちです。とくに彼女は、レバノンの人々が数十年も続く政治や社会の不安定さと、明日はどうなるかわからない先の見えなさをどうやって乗り切っているかに関心がありました。それで作品のタイトルに『明日になれば(Burka Minshouf/Tomorrow We Will See)』という、レバノン人がよく口にする表現が選ばれたのです。

アーティスト探しはそれほど大変ではありませんでした。アーティスト同士はたがいに知り合いですし、親切にも友人を紹介してくれるからです。わたしはリサーチを行ったり、ロケ地を探したり、インタビューを手伝ったりするだけでなく、この作品に資金提供をしてくれるスポンサー探しにも協力しました。『明日になれば』はナショナル・ジオグラフィック・オールロード映画祭をはじめとする数々の映画祭に招待され、デンマーク国営テレビで放映されました。さらに、レバノン文化省から文化推進功労賞を贈られ、ドイツ銀行バデール実業家陪審賞も受賞したので、わたしの努力も報われたというものです。

レバノンのニュースといえば、内戦やテロ事件の発生を知らせるものがほとんどです。『明日になれば』はレバノンに親近感を抱かせる作品だとわたしは思っています。レバノンに行ったことのある人もそうでない人も、誰もが共感できる物語を伝えているからです。たくさんの日本人がこの作品に新鮮な驚きを感じ、レバノンがこんなに興味深い文化の中心地だとは知らなかったという感想が寄せられました。なかには実際にレバノンを訪れる人もいました。レバノン出身で、現在はオーストラリアに住んでいるある観客は、映画を上映している最中に、自分はもう二度とレバノンに戻らないと誓ったのだと発言しました。でも、この作品を観終わって、彼女の気持ちが変わったのです。ワシントンDC在住のあるレバノン人青年は、わたしたちがこの作品を世に送り出したことに感謝しました。アメリカで彼がレバノン出身だと人に告げると、「ああ、九・一一だね」(二〇〇一年九月一一日にアメリカで起こった同時多発テロ事件のことです)と言われることがあるそうです。わたしにとっては、母国の文化をソラヤに紹介しながら一緒に仕事をする貴重な機会でした。とりわけ、日本とレバノンの架け橋になるようなドキュメンタリー作品にプロデューサーとしてかかわれたことを誇りに思っています。

母の最後の来日

二〇一三年になると、母の長期記憶と短期記憶の劣化がさらに進みました。日にちの感覚がなくなり、自宅すら認識できなくなりました。レバノンで自分の家にいるというのに、何度も「家に帰りたい」とわたしに訴えました。その家は彼女が二五年間暮らした場所だとわかってもらうことができず、わたしはやり切れない気持ちになりました。母が以前住んでいた地区にも連れて行きましたが、驚いたことに無反応でした。夫や姉のエレーヌはどこにいるのかと母に頻繁に聞かれましたが、わたしはそのたびに話題をそらさなければなりませんでした。ふたりともも亡くなったと何度も言いたくなかったのです。さらに、母は深夜に外に出たがることがあったので、家の鍵を隠しておかなければなりませんでした。母を日本に連れて行き、マリーローズやわたしの家族と会わせる潮時だと、このときわたしは思いました。母はもう自分の家すらわからないのです。母にとっては、多くの家族に囲まれて過ごすほうが大切だと思いました。それに、まだ母の記憶が少しでも残っているあいだに、できるだけ多くの時間を母と一緒に過ごしたいと家族全員が願っていました。

二〇一三年九月、わたしは母を連れて日本に帰国しました。幸運にも、家政婦のズーズーに三か月間のビザが発給されたので、彼女は母に付き添うことができました。わたしはようやく自宅に戻れてほっとしました。母はマリーローズやわたしの家族との再会によろこび、家族全員から思いやりや愛情を向けられて、うれしそうでした。猶彦は母を自宅のベランダに誘ってよく一緒にタバコを吸っていたので、その後母の記憶が混乱したときも、母は彼のことを覚えていられました。レバノンでは医師に環境を変えてはいけないと言われましたが、母は家族に

2013 年に来日したとき，神戸にて．家政婦のズーズーと母と著者

囲まれて安心している様子でした。わたしたちは通りを挟んで公園の向かいに住んでいたので、母を外に連れ出しやすかったですし、カフェやレストランも多いにぎやかな地区なので、母を元気づけるためによくお店で一緒に食事をしました。

二〇一四年に母が家のなかで転倒するまでは順調でした。このとき、救急隊が母を受け入れてくれる病院を探すのに一時間もかかりました。母は認知症を患っている九〇歳の外国人で、胸にはペースメーカーが埋め込まれていました。それで、搬送先探しが難航したのです。ありがたいことに、近くの都立広尾病院が受け入れてくれることになりました。そこで母の右大腿骨が折れていることがわかり、手術が行われることになりました。手術は無事成功したので、家族はほっと胸をなで下ろしました。母はリハビリをすることになりました。母の入院中、病院のスタッフは信じられないほど親切でした。彼らはどんなに仕事が大変でも、いつも笑顔を絶やしません。わたしが日本の医療の素晴らしさに気づいたのは、このときです。とくに、日本の医師や看護師はプロ意識が高く、患者を大切にします。

ところが、高齢者が寝たきりになるとありがちですが、母の健康問題はその後悪化の一途をたどりました。母は感染症にかかり、膀胱結石ができました。医師からは手術ができないと告げられました。母の心臓には問題があり、ペースメーカーを埋め込んでいるため、長い時間全身麻酔が使えないのです。医師たちは何度か話し合いを重ね、チューブを挿入して経皮胆管造影(外的胆のうドレナージ)を行うことになりました。母は九〇歳と高齢なので、この処置はリスクが高いと医師から説明を受けました。母は集中治療を受けることになりました。兄のジョルジュがロンドンから、姉のマリーローズが神戸から駆けつけました。母は二週間後には回復して、状態も安定したので、医師たちは驚いていました。

母は病院から他の場所へ移らなくてはなりませんでしたが、状態が状態だけに、受け入れてくれる介護施設を見つけるのは容易ではありませんでした。住んでいた港区からは、施設に空きがないと言われました。わたしはそれでもあきらめず、リハビリ施設を備えた近隣の介護施設にいくつか申し込みました。もちろん、順番待ちのリストはとてつもなく長いものでした。そうこうしているうちに、広尾病院が救いの手を差しのべてくれて、母の受け入れに前向きな、素晴らしいリハビリテーションセンターを紹介してくれました。唯一の問題は、自宅からそこまで電車か車で一時間かかるということです。ですが、他に頼るあてもなく、わたしたちはその施設に母をお願いすることにしました。施設はまだ新しく、スタッフはとてもフレンドリーでした。母を遠く離れた施設に預けるのは、わたしにとってはとてもつらいことでした。でも、他にどうしようもなかったのです。わたしだけでは、母が必要とする二四時間介護はできませんでした。それでも、毎日往復二時間かけて、母に会いに行きました。

テータはその施設で唯一の外国人だったにもかかわらず、そこで安心して暮らし、細やかな介護や配慮を受けました。さらに、母への対応がどれだけ難しくても、スタッフはいつも優しく母に接してくれました。言葉の壁があるだけでなく、病気のせいで母は気分の浮き沈みが激しくなっていたので、母とはコミュニケーションがとりづらかったのです。介護士のみなさんが母とうまく話せるようにと、フランス語とアラビア語で役立つ単語のリストを用意して、そのうちのいくつかを暗記していたので、わたしはとても感動しました。厚意や思いやり、感謝の気持ちを伝えるのに言葉は必要ありません。母はよく介護士にほほえみかけ、手にキスをしたり、投げキッスをしたりしました。介護士たちは、母の頑固だけれど温かい人柄をおもしろがってくれました。

さらに、その施設の他の利用者が母の存在をめずらしがり、気にかけてくれたので、母はうれしがっていました。その人たちは、母が外国人だとわかっているはずなのに、日本語で話しかけていました。おもしろいことに、そうやって話しかけられると、母はフランス語やアラビア語で返事をしていました。相手が日本人だとわからなかったか、相手が自分の言葉を理解してくれるはずだと思い込んでいたのかもしれません。結局、それは心と心のコミュニケーションだったのです。母は頻繁に家族と会っていたので、自分はまだレバノンにいるつもりだったのかもしれません。意外なことに、施設でしばらく過ごすうちに、母はわたしに家に連れて帰るよう訴えなくなりました。さらに、家にいたときよりも不安が少なくなり、ものごとを受け入れられるようになっている母の様子にわたしは気づきました。毎日二時間かけて施設に通った甲斐がありました。

母の健康状態は不安定で、病院を出たり入ったりしていました。あるとき広尾病院に戻ったときに、病院から母をホスピスに入れてはどうかと提案されました。そこで友人のユウコについてきてもらい、あるホスピスを見学に行ったのですが、ひどく気が滅入り、その建物に足を踏み入れてすぐに帰ることにしました。機械につながれて、死を待つしかない患者の姿に心が痛みました。さいわい、ユウコが「ルネサンス麻布」という近所の介護施設を見学してはどうかと提案してくれました。そして、幸運なことに、母はその施設に受け入れてもらえることになったのです。その施設は清潔で広々としており、施設内には古川橋病院がありました。医師の監督のもと、母はそこでゆっくりと回復していきました。

ルネサンス麻布で仲の良いお友達と

幸運なできごと

二〇一四年一二月中旬、特別養護老人ホーム、「ありすの杜きのこ南麻布」が母を受け入れてくれるという知らせがわが家に届き、家族全員がよろこびました。入所を希望して一〇か月後のことでした。外国籍の母を順番待ちのリストに入れてもらえただけでもありがたいことでした。この素晴らしい知らせは、最高のクリスマスプレゼントになりました。リストには港区の高齢者三〇〇名が名を連ねていたので、まさに幸運以外の何ものでもありませんでした。

自宅からも近い「ありすの杜」はモダンな新しい施設です。天気がいいと、わたしは施設の向かいにある美しい有栖川宮記念公園に母を連れ出して、楽しんでいます。母は広場で子どもたちが遊ぶ様子を眺めるのがお気に入りです。母が入居した南棟は、各階に独立したユニットが四つあり、看護師の詰め所や窓の外にテラスのついた居間がありました。居間では訪問者がピアノを弾いたり、スタッフが企画したパーティーが開かれたりします。ユニットごとに一〇名の高齢者がトイレ付きの個室に入居しています。三人から四人の介護士が、一日じゅう入居者の介護に当たっています。食事の用意も介護士が行い、入居者と一緒に食べます。パート職員には外国人もいるので、韓国料理、フィリピン料理、中華料理が出されることもあります。ユニットの様子を知ると、まるで誰かの家みたいだと思われるかもしれません。まさにそのとおりで、職員や入居者とも自然な感じでおしゃべりすることができます。母はそれまでの二つの施設のときと同様、新しい環境にもすぐに馴染んで、満足しているようでした。大みそかにはマリーローズと夫の道兼もやって来て、家族全員で新年とテータの誕生日を祝いました。美味しいケーキやカラフルな壁飾りが用意されて、華やかな雰囲気のなかお祝いすることができました。

2014年の「ありすの杜」での母の誕生日パーティー．姉のマリーローズと夫の石黒道兼，ソラヤとトモと著者

施設では、パーティーやバーベキュー、クラシック音楽のコンサート、夏祭りなどが開催されます。お花見の時期になると、スタッフは入居者を有栖川宮記念公園に連れて行き、ピクニックを楽しみます。

ユニットの玄関には、そんな特別な行事の写真が飾ってあります。この施設の楽しげな雰囲気が、わたしの一日を明るくしてくれます。テータが新しい友達と、身振り手振りだけにせよ、コミュニケーションを取り合い、笑い声が聞こえてくると、とくに心が温まります。ボランティア団体の「ハンズオン東京」が月に一度、施設にやって来て、歌を歌ったり、ゲームをしたり、入居者の手をマッサージしたりしてくれます。母はボランティアのひとり、ブラジル出身のレジーナのことが大好きです。彼女はフランス語を話すのですが、母をよく訪ねてくれます。レジーナは、テータを見ていると自分の母親を思い出すと言ってくれます。あるフィリピン人の介護士は、入居者の手を握って愛情を伝えることを大切にしていると、わたしに教えてくれました。日本人介護士のなかにも自分なりのやり方でそうしている人がいるのですが、そんな様子を見るとわたしは胸が熱くなります。

毎日母を訪ねるうちに、他の入居者のこともわかるようになりました。入居者のなかには誰も訪ねて来ない人もいます。それで、わたしは他の人たちも気にかけるようにして、必要があれば介護士のお手伝いをするようになりました。とくに夜間は介護士の数も少なくなります。わたしは夕食の時間帯に施設に行くのが好きです。母の夕食の介助をしたあとで、介護士を手伝って母をベッドに寝かせ、キスできるからです。テータはすぐに寝入ってしまうのですが、寝る前に忘れずに「お世話をしてくれてありがとう」と言ってくれます。そのうちわたしは他の入居者とも仲良くなりました。それで、毎日の訪問が楽しくなりました。いつも母の隣に座っているある入居者は、わたしが行くとうれしがって、「美人ですね」と話しかけてくれます。また、ある入居者には、わたしのぼさぼさの巻き毛が気に入らないと面と向かって言われたのでおもしろかったです。わたしが髪をストレートにして行くと、その人は「よろしい」という顔をします。また熱心に新聞を読み、テレビでお気に入りの番組を見るのが好きな、明るい性格のあるご婦人は、よくわたしと母に心のこもった手紙を書いてくれます。他にもそのユニットには、昔は翻訳の仕事をしていたので英語を話せる、とても穏やかな八〇代の女性と、廊下に作品が飾られている、優しい性格をした画家の方がいらっしゃいました。最近、新しく入居された方のご主人は妻の食事を介助して、一緒にメモリーゲームをして時間を過ごされていますす。その優しいご主人を見ていると、わたしは父のことを思い出します。

心温まる異文化コミュニケーション

とてもハードな仕事であるにもかかわらず、辛抱強く、思いやりのある態度で働く介護士や看護師のみなさんをわたしは心から尊敬しています。そして、彼らがわたしの母にアラビア語

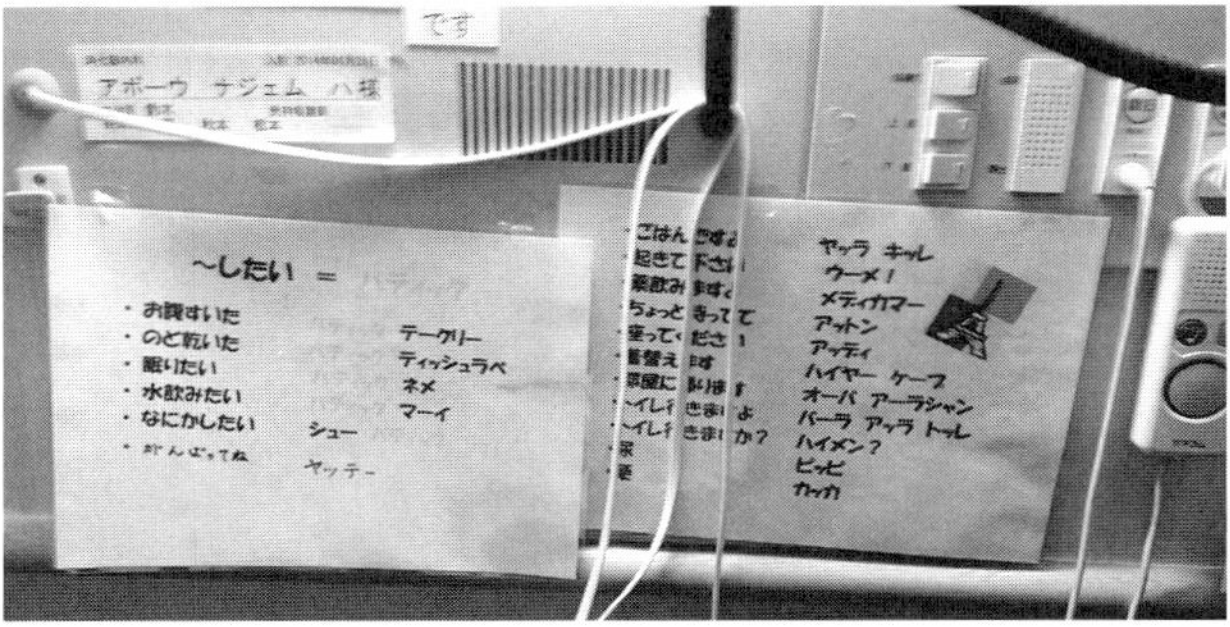

いつでも確認できるようにベッドの脇に貼ってある単語帳

やフランス語で話しかけるために、求められる以上の努力をしてくれていることに感謝しています。アラビア語の母音の一部は発音が難しいのですが、彼らはアラビア語の基本単語を正確に発音できるので、わたしは感心しています。例えば、ベッドの上でパジャマに着替えさせるときに、母に身体を横にしてほしいときは「イブレミ」と声をかけてくれますし、気分がいいか確認するときは「サヴァ（大丈夫）？」と聞いてくれます。介護スタッフには母とコミュニケーションを取る独特の方法があって、母の気分の浮き沈みにも、「ボンジュール、ジャネット」だとか、「ブラボー、ジャネット」と穏やかに声をかけて対応してくれます。韓国人の介護士が母に「アイラブユー、ジャネット」と言うと、母は彼女に投げキッスをお返しします。母は彼女にお風呂に入れてもらうのが大好きで、とてもリラックスできるようです。スタッフは母をよろこばせるにはどうしたらいいのかつねに模索しています。母を公園に連れて行ったり、わたしも日曜日によく母と子どもたちと一緒に食事をする、近くのイタリアンレストランに連れて行ってくれたりします。彼女はそのお店のスパゲッティが好物なのです。介護士たちのアイデアで、他の人にも応援を頼み、母を乗せた重い車いすを急な坂の下まで押していき、広尾の中心街から一五分ほど離れたところにあるシリア料理の店で食事をさせてくれたこともありました。あるとき、三名の介護士が別のフロアに異動することになりました。その人たちは、それまでお世話をしていた入居者と離れがたい気持ちになり、お別れのときに涙を流していたのが印象的でした。異動後もたまに挨拶をしに立ち寄ってくれるのですが(そのひとりはわたしの言い方をまねて、母のことを「マミー」と呼んでいます)、どうやら母もその人たちのことがわかっているようです。

二〇一八年、母は身体の免疫機能が低下し、水ぼうそうや心肺機能の低下で北里大学北里研究所病院に四回入院しました。母には機能回復の見込みがあまりないにもかかわらず、医師は思いやりのある態度で治療に最善を尽くしてくださるので、わたしはとても感謝しています。おもしろいことに、その病院で看護師長を務める女性から、わたしと家族は「家族愛」という名の賞を受けるのにふさわしいと言われました。わたしたち家族が注いだ愛のおかげで、テータは病に立ち向かう気力をふり絞れるのだと、彼女たちは信じているのです。母が入院するた

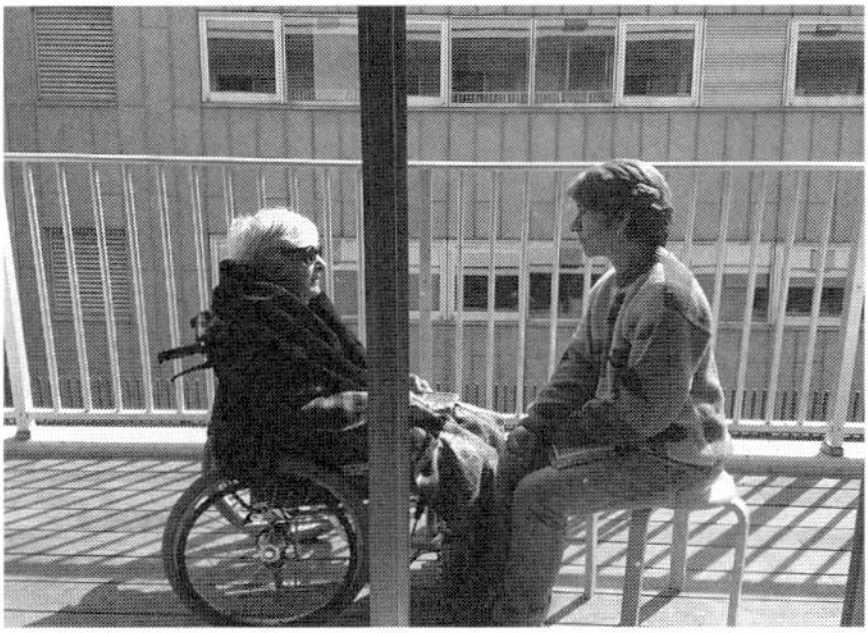

びに、看護師や職員の方がわたしたちのことを覚えていてくださるので、わたしはびっくりするのですが、頼もしい気持ちになります。

　母の入院は長引いているうえ、高熱が続き、心身両面の状態が悪化しています。悲しいことに、母はときどきわたしのことがわからなくなります。しばらくのあいだ、母にわたしの名前を呼ばれていなかったのですが、最近突然母がわたしの名前を思い出したので、びっくりしました。あるとき、眠っているはずの母が「もっと気をつけて道を渡らなきゃいけなかったのに」とつぶやきました。それはわたしが生まれる前に車とぶつかったときのことかと尋ねると、「そうよ」という答えが返ってきました。相変わらず母の状態はよくありませんが、母の心に少しのあいだきらめきが戻り、愛情や心配の気持ちが伝わってくると、わたしは心動かされずにはいられません。

　わたしはいつも寝ているあいだに見る夢は忘れてしまうのですが、最近見たある夢を覚えています。夢のなかで、わたしは住み込みの家政婦のズーズーと料理をしていました。そこへ突然、母がわたしたちを驚かそうとやって来ました。母は上機嫌で、楽しそうで、しゃんと立ち、とても健康そうでした。その顔には満面の笑みが浮かんでいました。

どこにいても、これからも母にはいつもわたしのそばにいてほしいとわたしは願っています。

おわりに

本書は伝統演劇である能を継承する家庭内で日本とレバノン、ふたつの文化が混じり合う様子を描いたものです。一九七〇年代にレバノン内戦がはじまり、その後国内の政情不安が続いたせいで、わたしの家族は世界じゅうに散り散りになりました。そんな状況にあっても、わたしは日本という安住の地を見つけられただけでなく、日本文化にも貢献できることになり、幸運でした。わたしが本書でお伝えするのは、わたしというひとりの人間のこれまでの歩みです。それは、異国で暮らす外国人として、創造性と忍耐力をもって自分の道を切り拓くことがいかに大切かを学んだ道のりでした。さらに、夫が属する、日本文化に重要な位置を占める古典芸能、能の閉鎖的な世界に自分の居場所を見つけるまでを綴りました。

能楽師であり学者でもある夫の猶彦は、岩波新書『能楽への招待』で能を役者の立場から分析して、一族が継承してきた伝統を紹介しました。本書では、能の美学との個人的な出会いを軸に人生の素晴らしさや大変さを描きたいと思いました。わたしが日本での日々の暮らしのなかで感じる戸惑いや、多文化のなかでの子育ての難しさや苦労もお伝えしています。ありがたいことに、日本はわたしが認知症の母を呼び寄せるのを許してくれただけでなく、外国人の母に信じられないほど素晴らしい医療と福祉を与えてくれました。母が日本で過ごした五年のあいだに、病院や介護施設のスタッフの熱心な仕事ぶりと、患者を尊重する姿勢を目の当たりにして、わたしはお年寄りを大切にする日本の考え方の素晴らしさをそれまでにも増して実感しました。本書では、母との日本での日々も最後に綴ることができました。

本書を出版する機会を与えてくださった岩波書店に心からの感謝をお伝えします。編集者の島村典行さんなくして、本書は日の目を見ることはなかったでしょう。彼はわたしの半生の物語に興味を示し、本書を執筆するうえでさまざまな建設的な助言を惜しみなく与えてくださいました。心よりお礼申し上げます。また、才能ある翻訳家、竹内要江さんにも感謝いたします。彼女の未知の世界への好奇心、リサーチの丁寧さ、情熱は本書を翻訳するという困難な作業のあいだずっと変わることはありませんでした。

わたしが日本やレバノンで行ったさまざまな文化的活動の功績をたたえる賞を贈っていただいた、ギーター・ホウラーニー博士とレバノンのノートルダム大学レバノン移民研究センターにも深く感謝いたします。わたしの物語を本にまとめ、世界じゅうのレバノン人に刺激と自信を与えて元気づけるよう博士は励ましてくださり、本書執筆のきっかけをつくってくださいました。

東京大学でバイカルチュラルの子どものアイデンティティ形成の研究を指導してくださった、スティーヴン・マーフィ重松先生にもお礼申し上げます。わたしはその研究でさまざまなことに気づかされ、おかげで子どもたちの教育方針を決めることができました。コンピュータ・サイエンス研究の道には進むことができませんでしたが、大学院で研究を行ったことで、論理的に筋道立てて考えられるようになりました。イギリス、アメリカ、日本の大学でお世話になった先生方に感謝いたします。

家族はどんなときもわたしを支え続けてくれています。夫の猶彦は三七年以上の長きにわたり、わたしにインスピレーションを与え、人生を共に歩んでくれています。娘のソラヤが寄せてくれる率直な意見がなかったら、本書を書き上げることはできなかったでしょう。そして、最愛の息子、猶巴はどんなときもわたしを応援してくれます。

義理の母、梅若ロザはわたしを梅若家に温かく迎え入れてくださいました。妹ポリーヌの芸術への情熱には触発されるところが多く、兄ジョルジュとその家族はわたしたちの英国滞在中親切に面倒を見てくれました。この先もずっと感謝しています。そして、姉マリーローズと夫の石黒道兼の細やかな心遣いと愛情に、特別な感謝を(ふたりがいなければ、わたしは来日していなかったでしょう)。

ジョン・アマリ氏には、この本を構成するに当たり、洞察にあふれた編集上のアドバイスを数多くいただきました。ナインダー・ジャッジ、ミレーユ・アイド、リナ・バラディの各氏も編集に深くかかわっていただきました。労を惜しまず、わたしに助言を与えてくださったみなさまとの友情を大変ありがたく思います。

最後になりましたが、日本や世界じゅうに散らばる、協力的で心優しい友人および能ファンのみなさんのご助力がなければ、わたしはここまで来られなかったでしょう。そして、文化庁や国際交流基金などの手厚い支援なくしては、能の海外公演を行うことはできません。厚くお礼申し上げます。

本書を愛する父と母、エドゥアールとジャネットに捧げます。両親が愛情を込めて育ててくれたからこそ、現在のわたしがあります。両親のおかげで、わたしは無条件の愛と人間性に深い信頼を寄せられるようになりました。二〇一八年一一月一九日、わたしの母、ジャネット・

アビ・ナジェムは、家族と心優しい「ありすの杜」スタッフに見守られながら、安らかに天に召されました。

二〇一九年一一月一九日

梅若マドレーヌ

注

1 章

(1) Al-Tikriti, Nabil, "Ottoman Iraq", *The Journal of the Historical Society*, VII (2), 2007, pp. 201–212.

2 章

(1) Ortolani, Benito, *The Japanese Theatre*, Princeton University Press, 1995.
(2) 世阿弥『風姿花伝』岩波文庫, 1958.
(3) "A personal View On Noh", by Katherine Ohno, 雑誌記事.
(4) "The tragic Torment of a Tortured King Unmasked", by Anastasia Edwards, *South China Morning Post*, Dec. 1998.
(5) Rath, Eric C., *The Ethos of Noh: Actors and their Art*, Cambridge: Harvard University Press, 2004, pp. 190–214.
(6) "Noh master calling U. K. college alumni", by Angela Jeffs, *Japan Times*, July 2, 2000.
(7) "Don't Underrate the Power of Traditional Culture: Noh Actor", by Hiroko Ihara, *The Japan News by The Yomiuri Shimbun*, Aug. 3, 2014.
(8) "Breaking a taboo to portray Hirohito", *Los Angeles Times*, May 2005.
(9) "Why a Noh Master said yes to a movie role", by Susan Tsang, 新聞記事, 1995.
(10) Khalil Gibran, *The Prophet*, 1923. ハリール・ジブラーン(カリール・ジブラン表記も)の『預言者』は日本でも翻訳出版されており, いくつかの版があります.
(11) Bargen, Doris G., *A Woman's Weapon: Spirit Possession in the Tale of Genji*, Honolulu: University of Hawaii Press, 1997.
(12) Fenollosa, Ernest and Ezra Pound, *The Noh Theatre of Japan:*

With Complete Texts of 15 Classic Plays, Dover Publications, 2004.
(13) Rimer, Thomas and Yamazaki Masakazu, *On the Art of the Nō Drama: The Major Treatises of Zeami*, New Jersey: Princeton University Press, 1984, x.
(14) Ibid., x.
(15) 梅若ソラヤの論考 "EXTENDED ESSAY THEATRE ARTS; In Noh theatre, how can Zeami Motokiyo's" Hana "be created through the physical and mental standpoint of an actor?" を参照.
(16) Poh Sim Plowright, "The Umewaka Legacy-Noh Demonstration at Royal Holloway", 公演チラシ, 1995.

4 章

(1)『看聞御記』(宮廷の記録), 15 世紀ごろ. (訳注：引用部分の原文は漢文ですが, 現代語訳しました)
(2) umewaka.com
(3) the-noh.com, Great Masters Major Figures in the History of Noh
(4) "Noh master calling U. K. college alumni", by Angela Jeffs, *Japan Times*, July 2, 2000.
(5) 池内信嘉『能楽盛衰記』下巻, 東京創元社, 1992 年, p. 5. (訳注：引用部分は現代仮名遣いに直しました)
(6) the-noh.com, Great Masters Major Figures in the History of Noh
(7) 1875(明治 8)年 6 月 26 日付の『横浜毎日新聞』で報じられました(倉田喜弘編『明治の能楽』1, 日本芸術文化振興会, 1994 年, p. 50).
(8) 同, pp. 59–61.
(9) イェイツの論考に, *Certain Noble Plays of Japan: From the Manuscripts of Ernest Fenollosa*, 1916, 序, があります.
(10) Poh Sim Plowright, *op. cit.*
(11) "Why a Noh Master said yes to a movie role", by Susan Tsang, 新聞記事, 1995.
(12) *Mainichi Daily News*, Feb. 11, 1991.
(13) "The Gospel according to Noh", by Ayako Hirao, PHP In-

tersect, Aug. 1987.
(14)『毎日新聞』(夕刊), 1987年1月31日.
(15) Rimer, T. and M. Yamazaki, *op. cit.*, xii.
(16) "Un 'No' Cristiano", *La Civiltà Cattolica*, Feb. 4, 1989.
(17) *The Times*, Dec. 1989.
(18) 世阿弥『申楽談義』岩波文庫, 1960年, p. 434.
(19) Jeffery, Richard, *Daily Yomiuri*, Sept. 30, 1997.
(20) ビーノ・ガンバによる,『The Coffee Shop within the Play』を評した記事.

梅若マドレーヌ

レバノン，ベイルート生まれ．英国レディング大学でコンピュータ・サイエンスを学び，優等の成績で理学士の学位を取得．大阪大学大学院情報工学科入学中退，その後，東京大学大学院情報科学研究科（研究生）で研究を続ける．日本や世界各地で新作も含んだ能の舞台公演のプロデュースにかかわり，能の普及につとめる．レバノン国内の活発な芸術文化活動を取り上げたドキュメンタリー映画『明日になれば』ではプロデューサーを務め，同作品は2015年にレバノン文化省より文化推進功労賞を贈られた．

竹内要江

翻訳家．南山大学外国語学部英米学科卒業，東京大学大学院総合文化研究科（比較文学比較文化）修士課程修了．訳書に中濱ひびき『アップルと月の光とテイラーの選択』（小学館），ゲイル・サルツ『脳の配線と才能の偏り』（パンローリング）他．

レバノンから来た能楽師の妻
梅若マドレーヌ　　岩波新書（新赤版）1818

2019年12月20日　第1刷発行

訳　者　竹内要江《たけうちとしえ》

発行者　岡本　厚

発行所　株式会社 岩波書店
〒101-8002 東京都千代田区一ツ橋 2-5-5
案内 03-5210-4000　営業部 03-5210-4111
https://www.iwanami.co.jp/

新書編集部 03-5210-4054
http://www.iwanamishinsho.com/

印刷・三陽社　カバー・半七印刷　製本・中永製本

ISBN 978-4-00-431818-7　　Printed in Japan

岩波新書新赤版一〇〇〇点に際して

ひとつの時代が終わったと言われて久しい。だが、その先にいかなる時代を展望するのか、私たちはその輪郭すら描きえていない。二〇世紀から持ち越した課題の多くは、未だ解決の緒を見つけることのできないままであり、二一世紀が新たに招きよせた問題も少なくない。グローバル資本主義の浸透、憎悪の連鎖、暴力の応酬――世界は混沌として深い不安の只中にある。

現代社会においては変化が常態となり、速さと新しさに絶対的な価値が与えられた。消費社会の深化と情報技術の革命は、種々の境界を無くし、人々の生活やコミュニケーションの様式を根底から変容させてきた。ライフスタイルは多様化し、一面では個人の生き方をそれぞれが選びとる時代が始まっている。同時に、新たな格差が生まれ、様々な次元での亀裂や分断が深まっている。社会や歴史に対する意識が揺らぎ、普遍的な理念に対する根本的な懐疑や、現実を変えることへの無力感がひそかに根を張りつつある。そして生きることに誰もが困難を覚える時代が到来している。

しかし、日常生活のそれぞれの場で、自由と民主主義を獲得し実践することを通じて、私たち自身がそうした閉塞を乗り超え、希望の時代の幕開けを告げてゆくことは不可能ではあるまい。そのために、いま求められていること――それは、個と個の間で開かれた対話を積み重ねながら、人間らしく生きることの条件について一人ひとりが粘り強く思考することではないか。その営みの糧となるものが、教養に外ならないと私たちは考える。歴史とは何か、よく生きるとはいかなることか、世界そして人間はどこへ向かうべきなのか――こうした根源的な問いとの格闘が、文化と知の厚みを作り出し、個人と社会を支える基盤としての教養となった。まさにそのような教養への道案内こそ、岩波新書が創刊以来、追求してきたことである。

岩波新書は、日中戦争下の一九三八年一一月に赤版として創刊された。創刊の辞は、道義の精神に則らない日本の行動を憂慮し、批判的精神と良心的行動の欠如を戒めつつ、現代人の現代的教養を刊行の目的とする、と謳っている。以後、青版、黄版、新赤版と装いを改めながら、合計二五〇〇点余りを世に問うてきた。そして、いままた新赤版が一〇〇〇点を迎えたのを機に、人間の理性と良心への信頼を再確認し、それに裏打ちされた文化を培っていく決意を込めて、新しい装丁のもとに再出発したいと思う。一冊一冊から吹き出す新風が一人でも多くの読者の許に届くこと、そして希望ある時代への想像力を豊かにかき立てることを切に願う。

（二〇〇六年四月）